I0549565

El cazador de sombras

Bruno Lucio Sesmero

© 2011 Autoedición

3ª edición

ISBN: 978-84-615-0693-4

DL: BI-02696-2010

Impreso en España / Printed in Spain

http://www.lulu.com/product/paperback/el-cazador-de-sombras/17267150

A mi madre, mi luz y guia.
A mi pequeñín Bruno, mi amor y mi vida.

1

Era medianoche. La oscuridad lo envolvía todo con un manto espeso y algo húmedo. Todo el día había estado lloviendo y aunque llevaba varias horas sin hacerlo, la humedad se seguía percibiendo con un intenso olor a tierra mojada. Las tierras de las comarcas de Badajoz seguían manteniendo la esencia de esos lugares donde el tiempo siempre parece transcurrir más lentamente, llegando incluso a detenerse por momentos en algunos rincones. Campos que se pierden a la vista en el horizonte, zonas salvajes, aunque tuteladas muchas por la mano del hombre, eran parajes que siempre me hacían sentir seguro y reconfortado, como un ser que acabara de llegar a la vida y fuera acogido por el agradable calor del suave cuerpo de su madre.

Desperté.

Abrí los ojos y todo estaba oscuro, no se veía nada. Quería moverme pero algo ajustado, que me atenazaba con una ligera presión a los costados, me lo impedía. Tenia todo el cuerpo insensible, entumecido y me esforcé en intentar comprender qué había sucedido, dónde estaba, cómo había llegado hasta allí, pero no conseguía recordar nada.

Un terrible dolor de cabeza no me dejaba pensar nítidamente. Forcé todos mis sentidos al límite intentando captar algún sonido, algún olor, cualquier estímulo que me ayudara a recordar qué había ocurrido. Un suave vaivén me decía que estaba viajando en la parte trasera de un vehículo, la caja de un pequeño camión o de una furgoneta. Eso no tenía mucho sentido, ¿qué hacia yo dentro de un camión?, ¿adónde nos dirigíamos?. Dentro de un camión e inmovilizado, parecía imposible. También podría ser una ambulancia. Tal vez había tenido un accidente y me llevaban a sanar.

– *¡Eso es!, algo me ha ocurrido. Habrá sido una caída y me he dado un fuerte golpe. Ése es el motivo por el cual tengo este espantoso dolor en la cabeza junto a esta sensación de entumecimiento por todo el cuerpo. Voy en una ambulancia y me tienen sujeto para no golpearme en el viaje* –, pensé queriendo creer que había resuelto el misterio plenamente.

Las lesiones no debían ser muy graves porque la velocidad era lenta y el viaje relativamente tranquilo. Se me ocurrió que alguien debía ir conduciendo, entonces, en medio de la oscuridad, intenté llamar su atención para avisarle de mi regreso a la consciencia, pero un leve e inaudible gruñido fue lo único que consiguió salir por mi seca garganta. Necesitaba un poco de agua. ¿Quién era yo?, ni lo sabía, ni lograba recordar nada. Mantenerme consciente suponía un gran esfuerzo en aquellas condiciones. No podía más. Como un azucarillo en el café, la lucidez se diluía buscando dar reposo a mi maltrecho cuerpo. Finalmente, el suave y monótono movimiento, el ronroneo del motor y la pesada sensación de cansancio hicieron que mi mente se fuera relajando, poco a poco, hasta volar con la imaginación a otros lugares que me hicieron sentir totalmente recuperado.

****

En mi imaginación la luz del día iluminaba cada rincón de la inmensidad de un campo de encinas que se extendía en todas direcciones mientras, al amparo de los arroyos, brotaban retamas y adelfas. El suelo estaba algo reseco, con escasos pastos y se le veía adornado por numerosas bellotas, que como perlas pardas se habían descolgado de los ramajes para ofrecerse como alimento. Membrilleros, granados y bruñeros eran compañeros que te encontrabas al pasear. Orégano, jara y tomillo, con la suave brisa viajaban mil aromas embriagadores que te sumergían en un torbellino de sensaciones, todas ellas placenteras. Infinidad de insectos, supervivientes de un largo verano, apuraban los últimos momentos de una estación que ya empezaba a ser historia.

Me veía paseando despreocupado, feliz, sin destino fijo y con la sensación de que podría caminar durante varios días sin encontrar un solo ser humano. A lo lejos vi las siluetas de dos gamos corriendo a grandes saltos que daban dinamismo a un horizonte detenido, estático, como pintado en el lienzo de un enorme cuadro. El cielo era un techo monocolor, de un azul tan claro que parecía que ese día jamás conseguiría dar paso a la noche. Luz clara, colorido infinito, música biológica, aire virgen, todos ingredientes de un plato para banquetes de reyes. En ese momento una cigüeña negra surcaba con exquisita elegancia el cielo con destino incierto. Más cerca una piara de cerdos ibéricos, negros, con ademanes distraídos, pausados, buscaban y comían de la gran cantidad de bellotas esparcidas generosamente por la naturaleza. Los observé un instante en su afanosa tarea, hasta que decidí acercarme a ellos.

****

Volví a despertarme.

No sé cuanto tiempo había estado dormido, pero el dolor de cabeza había remitido lo suficiente como para poder soportarlo. La oscuridad seguía siendo fiel compañera de viaje y hasta mí llegaba el aire limpio y fresco de la noche que debía colarse por algunas rendijas, haciendo que mi cuerpo, aún entumecido, se estremeciera ocasionalmente como la llama de un candil al abrir una ventana. En el interior del vehículo el ambiente era denso, espeso, pero la entrada de aire del exterior ayudaba a poder respirar mas fácilmente. Un hedor fuerte e intenso se acumulaba en el lugar pero contradictoriamente era dulce a mi olfato y me resultaba familiar.

Necesitaba beber un poco de agua, pero algo me decía que no iba a ser posible hasta que llegásemos al destino, fuese el que fuese. Deseaba que el viaje terminara pronto.

– *Debo hacer un esfuerzo e intentar recordar quién soy yo* –, me repetía una y otra vez.

Apreté los ojos en un intento por concentrarme e imágenes confusas y sin orden se agolparon en mi mente, sin sentido alguno. Veía personas, una de ellas muy obesa, hablando todas ellas entre sí, prestando gran interés a mi presencia, sin duda hablaban de mí. Vi a través de unos barrotes a niños pinchándome desde el otro lado con varas verdes de olivo, hasta que sus risas se perdían tras ellos al alejarse corriendo. Vi cómo una mujer madura de cutis blanco y cabello rubio me sostenía la cara entre sus manos mientras, con una gran sonrisa, me besaba con mirada tierna. Y lo vi, vi cómo había ocurrido, vi cómo había sucedido el golpe en la cabeza.

2

Un coche azul oscuro se detuvo frente a la barrera que le impedía el paso. El conductor bajó el cristal de la ventanilla extendiendo su brazo hasta alcanzar el botón que debía pulsar. Cogió el ticket que la maquina le expidió, activándose el dispositivo elevador de la barrera, continuando posteriormente hacia el interior del parking. Encontró una parcela libre en la primera planta, cerca del ascensor que utilizó para subir hasta la superficie. Ya en el exterior continuó caminando hasta el edificio ubicado frente a la salida, cruzándose con algunas personas cargadas con grandes maletas. Se dejó subir por la escalera mecánica hasta la sala de espera de las llegadas en el primer piso.

Había mucha gente y se hizo hueco para poder leer en el listado de vuelos del monitor. Vio registrado el que llegaba desde México, con Iberia, venia en hora y tomaría pista dentro de diez minutos. Las maletas se recogerían en la cinta cuatro.

– Perdone joven, no veo muy bien y he venido sin las gafas, me las olvidé en la cómoda de casa. ¿Podría mirarme si está el vuelo que llega desde Sevilla a las nueve y media? – Le abordó desde atrás una mujer de avanzada edad dándole unos golpecitos en la espalda –, *llega mi hija Gloria. Viene sola, su*

amiga Estefanía tenia que quedarse, por trabajo ya sabe. Luego volveremos a casa juntas en taxi.

– *Sí, sí señora, está ahí en la lista. Llega en hora, a las nueve y media.*

– *Muchas gracias. Cuando ella llegue...*

– *De nada, señora –.* Le interrumpió lo más ágilmente que pudo.

Se giró para comenzar a caminar huyendo entre la gente hacia el otro extremo de la sala de espera, pensando que si no llega a reaccionar rápido, la señora seguramente le hubiera podido dar conversación hasta el amanecer si su Gloria llegaba con retraso.

Llegó donde debía esperar, aquél era un buen sitio. Los nervios le hacían pasearse sin cesar dentro de las cuatro baldosas desde las cuales se podía ver, allá abajo a través de un gran ventanal, la puerta por la que los pasajeros y Celia entrarían. Hacía casi dos meses desde su marcha y todo este tiempo sin ella habían sido una tortura, con una horrible sensación de vacío que, por fin, hoy iba a desaparecer. Los monitores marcaron que el vuelo ya había tomado tierra, lo que provocó que el corazón le comenzara a latir un poco más rápido.

Tras unos inacabables minutos, la puerta se abrió y los pasajeros, formando una estrecha hilera, comenzaron a entrar a la espaciosa sala de recogida de equipajes. Algunos iban con pequeñas bolsas de mano y todos buscaban con la mirada hacia arriba, al otro lado del gran cristal del ventanal, a los que habían ido a esperarles. Las manos se agitaban para saludar y la felicidad del reencuentro se reflejaba en los rostros.

Allí estaba, era ella. Al traspasar la puerta él enseguida la vio. Ahora el corazón volaba. Celia era joven, de los veintiséis años que tenia ocho llevaba junto a él. Era de estatura más bien baja y morena de piel. Su belleza era tranquila, sus curvas sensuales y sus pechos grandes. La melena era larga con reflejos rubios y los grandes ojos de color miel las joyas que le enamoraron en cuanto la miró por primera vez.

Ella le buscaba con la mirada entre las personas que se agolpaban arriba tras el cristal, pero tardó algo más en verle. Al fin lo vio, aquél era, Alex estaba guapísimo. Era alto de pelo corto muy negro, sus labios, algo gruesos, al sonreír dibujaban dos minúsculos hoyuelos en sus mejillas. Los ojos verdes y su buen trasero eran de su físico lo que a ella más le gustaban. Su amor, mil veces demostrado y su fidelidad le hacían ser esa persona especial que cualquier mujer sueña con conseguir algún día. Al ser un año más joven que ella, algunas veces le trataba como si fuera un niño y eso a él no le gustaba nada, pero a ella le hacia mucha gracia cuando se enfadaba.

Cuando al fin sus miradas se encontraron en la distancia, a través del cristal, ella sonreía feliz agitando su mano y él, ...él lloraba.

****

Cuando se abrió la puerta automática de salida de pasajeros, Alex ya estaba abajo esperando. Al salir, con las maletas en un carro, éstas quedaron olvidadas a un lado para fundirse en un cálido abrazo. Por fin juntos, ahora ya podían abrazarse, tocarse, besarse. El tiempo pareció detenerse y aquéllo que quedó vacío en la ida volvió a llenarse de felicidad con el regreso. Alex la empezó a besar por todos lados mientras ella reía desbordando alegría.

– *Vale, vale para* –. Dijo ella intentando separarse –, *me vas a desgastar.*

– *No dejaré que te vuelvas a ir a ningún sitio sin mí. Me da igual a dónde ni para qué, yo iré contigo.*

– *Bueno, ya estoy aquí, eso es lo importante. Te he echado mucho de menos.*

– *Y yo a ti. No ha habido ni un minuto en el que no pensara en ti. He pasado mucho miedo, a veces creía que todo saldría mal y no volvería a verte. He sufrido mucho.*

– *¡Oh!, pobrecillo mi niño Alex. Luego en casa te contaré todo, pero que sepas como adelanto que allí me ha ido muy bien y ahora nos irá muy bien aquí.*

Alex agarró el carro de las maletas y se dirigieron juntos hacia el parking a recoger el coche. No sabía muy bien por qué, pero no le gustaba mucho cuando le decía esas cosas como *"mi niño Alex"*, sin embargo hoy, como siempre realmente, le perdonaría cualquier cosa. Celia lo rodeaba con sus brazos por la cintura apoyando la cabeza contra su brazo, el hombro le quedaba alto, mientras caminaba con los ojos cerrados saboreando la dulce intensidad del momento.

Ya estaba en casa.

Llegaron al coche y cargaron el equipaje en el maletero. Ambos subieron al vehículo cuando, extrayéndolo del bolso, ella le acercó un periódico con fecha atrasada que había traído desde México.

– *Toma, echa una ojeada rápida a la portada, como aperitivo.*

Cogió el ejemplar que le ofreció y comenzó a leer en voz muy baja. En la portada del diario *"El Universal"* de aquel día se podían ver destacados tres titulares, por este orden en tamaño e importancia. *"Tlacotralpan y Minatitlan hunäidos bajo tres metros de agua"*, *"Comando Verde ataca Indufarm"* y *"Juez español acusa a Venezuela de apoyar relación entre terroristas vascos y narcoterroristas colombianos"*.

Al finalizar la lectura añadió:

– *...pues aquí no se ha oído nada sobre el tema. Espera, voy a leer lo que cuentan en el interior.*

– *Allí ha sido algo sonadísimo, un éxito, una auténtica victoria. Trae, en casa lo leeremos* –. Dijo quitando el periódico de entre sus manos, no quería que leyera más.

Plegó las hojas y lo arrojó a los asientos traseros. Todo parecía dispuesto para regresar a casa cuando ella, agarrando su mano, impidió que girara la llave de contacto. Alex la miró, para ver que ella sonreía.

- *¿No habrás estado con otras durante este tiempo?* –. Preguntó a pesar de saber la respuesta.

- *Sí, pero solo era sexo sin amor* –. Mintió él.

- *Si eso es cierto, entonces no te apetecerá hacer nada.*

- *Nada de nada* –. Respondió gesticulando con las manos. Ella no se lo creía.

– *¿Aquí o en casa?* –. Insinuó Celia con tono burlón acercando su cuerpo sensualmente.

No me tientes, vamos mejor a casa.

3

Recordé nítidamente cómo me había golpeado, todo ocurrió en un instante. La visión de aquel recuerdo hacía que mi corazón se acelerara y un ligero temblor en el cuerpo delatara mi miedo. Yo me encontraba excitado, muy nervioso, sin duda algo me estaba perturbando hasta hacerme perder el control. Me encontraba en un cobertizo construido totalmente de madera, de techo alto, donde los rayos del sol se filtraban furtivamente a través de las juntas de las tablas dejando ver flotar en el aire miles de partículas hasta que estas desaparecían fuera del haz de luz. Enfrente de mí estaba ese hombre con un sombrero viejo de paja, con barba corta, casi cana por completo, que dificultaba concretar su edad. Con la mirada fija en mí se acercó con gesto malhumorado.

– *¡Ésta te la debía!* –. Le oí decir.

Al llegar a donde yo me encontraba, alzó su brazo apretando fuerte en la mano un palo corto y robusto con el que me golpeó en la cabeza brutalmente con todas sus fuerzas, una sola vez. Todo se apagó y el tiempo se detuvo.

No había sido ningún accidente, me había agredido con un palo. El regreso a mí memoria de lo que allí ocurrió respondió algunas de las múltiples incógnitas que me llevaban acechando desde que desperté inmerso en este tormentoso viaje. Pude comprender por qué había perdido la memoria y por qué tenia este terrible dolor de cabeza. Pensaba que había tenido mucha suerte, ya que podría haberme matado con un golpe tan brutal.

Sin embargo, ahora se abrían otras muchas incógnitas nuevas. ¿Quién era aquel hombre?, su aspecto se me hacia conocido. ¿Por qué lo hizo? ¿Qué deuda era aquélla que decía saldar? En mi interior creció un sentimiento de rabia y odio que, al mismo tiempo, de manera contradictoria, se veía apagado por algo más fuerte e instintivo. Algo me decía que si podía evitar acercarme a él, seria mucho mejor. Todavía no recordaba quién era yo, pero por lo visto, la valentía no debía ser una de mis cualidades.

Intentaba moverme sin lograrlo. Lo que me habían colocado en los costados hacia bien su función e impedía cualquier movimiento. Alguien me encontró inconsciente y avisó a una ambulancia. Al llegar me sujetaron para evitar que una posible lesión en la columna aumentara su gravedad. Me estaban trasladando inmovilizado para evitar mayores lesiones.

– *No podré volver a andar* – pensé horrorizado –. *No, eso no podía ser, no quería creerlo. Era ridículo, tendría que haber otra explicación mejor, más coherente.*

Me concentré en mi cuerpo para intentar percibir cualquier sensación extraña o dolor nuevo que pudiera darme alguna pista. Solo noté que estaba muy hinchado, gordo. Recordé que había ganado mucho peso últimamente. A la memoria me vino una imagen, aislada, sin relación con nada e imposible de ubicar con exactitud en el tiempo. Delante de mí había una gran cantidad de comida, su aspecto no era de haber sido elaborada por grandes cocineros para comensales exquisitos, pero a mí se me hizo apetitosa. Tenia hambre, comí sin guardar mucho las formas, lo hice vorazmente y parecía no saciarme nunca. Afortunadamente estaba solo y nadie me veía.

Un vaivén brusco y un fuerte frenazo rompieron la monotonía de movimientos y sonidos dentro del vehículo, devolviendo mi atención a la realidad. Mis pensamientos, mis divagaciones, quedaron apartados, en un segundo plano.

Nos habíamos detenido. Una tenue claridad delataba la presencia de una pequeña rendija justo delante de mí, aunque tendría que estirarme todo lo posible, alzando la cabeza, para poder ver algo a través de ella. Aprecié que iba en la parte trasera de un pequeño y vulgar camión. Con gran esfuerzo alcancé a mirar al exterior. El tamaño de la abertura en el toldo no permitía ver prácticamente nada, pero pude distinguir unas luces que parecían ser de algún establecimiento de carretera. El aire traía las notas de una canción cuya melodía, más bien alegre, en esta situación, parecía ser de un planeta distinto al mío. Se oyeron abrir las puertas de la cabina del vehículo y las figuras de dos personas se apearon en dirección a la luz. Iban hablando entre ellos, aunque no conseguí entender lo que decían. También escuché alguna risa. No podía creerlo. Yo estaba herido y no había prisa en llevarme a algún lugar donde vieran mis lesiones. Además, el medio de transporte y las formas eran humillantes. En cuanto llegara al destino pondría una queja.

Los minutos se hacían horas y las horas no se acababan nunca. Estuve solo, sin otros sonidos en las cercanías, excepto la música que continuaba sonando, a lo lejos, en una secuencia interminable. Mi enfado iba en aumento. Deseaba que esos hombres volvieran para poner fin a aquella situación lo antes posible.

Necesitaba beber agua.

Escuché el vuelo de algunas moscas que, al posarse, comenzaron a morder mí cuerpo. El dolor era insoportable, no podía moverme, estaba indefenso ante esas malvadas criaturas. Me parecía percibir como si me estuvieran chupando la sangre. Cuando oí acercarse a los dos hombres no sabía cuánto tiempo llevábamos parados, para mí una eternidad. Al verlos pasar frente a la rendija intente avisarles de lo que estaba ocurriendo, pero de nuevo sólo un gruñido surcó el aire, consiguiendo únicamente que la figura más esbelta de las dos girara la cabeza un momento, para luego continuar sin hacer el más mínimo caso.

Nos pusimos nuevamente en marcha, mi nariz estaba húmeda y el moquillo me resbalaba con un molesto cosquilleo. No pensé siquiera en la imposible posibilidad de limpiarme y me entregué a mis pensamientos, en busca de una explicación de lo que estaba ocurriendo. Con el vehículo en movimiento, las moscas habían detenido momentáneamente sus ataques. La noche empezaba a retirarse y las primeras luces del día se dejaban vislumbrar en un cielo que comenzó a cubrirse con nubes que presagiaban lluvia.

Si al menos me hubieran dado un poco de agua.

4

El sueño y el cansancio habían hecho que la noche pareciera mucho más breve. Celia se fue despertando, poco a poco, mientras en su cabeza la visión de una gran bola de fuego se desvanecía, al mismo ritmo que regresaba a la consciencia. Estiró sus brazos bostezando largamente, en un intento por desperezar su cuerpo e iniciar la actividad del nuevo día. La placida calidez de la cama era tan acogedora que podría estar allí el resto de la existencia. Al abrir los ojos, lo vio junto a ella, todavía dormido. La tenue luz que entraba por la persiana entreabierta era suficiente para poder ver su cara. Era como la de un ángel, su ángel de la guarda. Su mirada recorrió aquel cuerpo inmóvil cubierto por una fina sábana sintiendo gran alegría de volver a estar nuevamente en casa junto a su amor.

Alex buceaba sumergido en el océano de los sueños cuando se giró para cambiar la postura en la cama. Con su brazo buscó el cuerpo de ella, como queriéndose asegurar que efectivamente había regresado. Celia lo miró cariñosamente, sin pretender despertarlo y pensó que haber coincidido en esta vida con aquel ser tan maravilloso, fiel y siempre dispuesto a complacerla, había sido un regalo que nunca tendría con que pagar. Una sonrisa se dibujó en su cara al recordar la primera vez que se vieron.

– *Qué jóvenes e inocentes éramos* –. Pensó cuando su mente recreaba las imágenes de dos adolescentes que reían felices, mientras corrían, dados de la mano, por un campo sembrado de girasoles en pleno verano.

Lo fascinante del momento hizo que se relajara, dejándose llevar por la modorra. Entornando los ojos, su memoria la trasladó en un viaje por el tiempo, con la fascinante intención de evocar aquel verano en que se conocieron.

****

Ese verano sus familias disfrutaban de las vacaciones estivales en aquel pequeño pueblo de Ávila. Como todos los años desde que ella tenía recuerdo, venía desde Madrid a la casa que fue de sus abuelos.

Él, sin embargo, era la primera vez que veraneaba allí, sus padres acababan de comprar una pequeña casa en el pueblo ese mismo año y la estrenaban ese verano. Su madre, que era natural de Ávila capital, desde que emigró de muy joven a Vizcaya siempre deseó tener una casita de veraneo cerca de allí, en algún pueblecito tranquilo. La contemplación de la magnífica muralla que rodeaba lo más céntrico de la capital era algo que, con el tiempo, siempre acababa por echar de menos.

Celia conocía a todos los chicos y chicas del pueblo, tanto que ya hacía algún tiempo que estaba hasta el gorro de todos ellos. Alex no conocía a nadie, ni nadie le conocía a él.

Aquel día en la terraza del bar de las piscinas estaba sentada Celia con toda su pandilla frente a unos refrescos y alguna cerveza, escuchando las mismas historias gloriosas de siempre ya caducadas.

– *...y fuimos donde ellos y les dijimos que a este pueblo no iban a venir en plan chulos...* –. Relataba uno de ellos ante la expectación del resto.

– *Sí, es cierto, se lo dijo a la cara* – apostilló otro.

– *...entonces, vinieron por detrás estos dos* – continuó narrando, señalando a dos que escuchaban atentos con unas enormes sonrisas en sus caras –, *y con unos cubos llenos de agua sucia de la fuente de la plaza, se los echaron por encima. ¡Uf!, la que se lió.*

– *No se les volvió a ver en este pueblo* –. Añadió otro, por encima de las carcajadas de todos.

Celia sólo sonreía levemente, aparte de haber oído contar esa historia mil veces, llevaba ausente desde hacía un buen rato mirando a aquel chico desconocido, alto y guapo, que se encontraba solitario bebiendo una cerveza, sentado unas mesas más allá, mientras intentaba torpemente matar una mosca que se le había puesto pesada.

Al fin, ella se levantó al no poder evitar acercarse.

– *¿Sabías que cuando se mata a otro ser vivo también estamos matando algo de nosotros mismos?*

Él se sorprendió al ver a aquella muchacha que se había acercado para lanzarle a bocajarro una pregunta tan peculiar. Parecía una de esas preguntas de las cuales nunca se espera respuesta, pero ella se había quedado allí, en pie, apoyada en la mesa esperando una. Con una leve sonrisa y mirándole con aquellos ojos grandes, de un color como el de la miel, pareció estar dispuesta a esperar el tiempo que hiciera falta hasta escuchar una contestación.

– *Yo... yo no lo sabia,* – balbuceó nervioso y añadió –, *pero yo nunca he matado a nadie.*

Con lo nervioso que estaba, no sabía ni lo que decía.

– *Hace un momento te he visto intentando matar a una inocente mosca.*

– ¡Ah!, es por eso. Estate tranquila, nunca consigo pillarlas. Soy bastante torpe para eso.

Ahora estaba más tranquilo. Mirándola, una voz en su interior le dijo que intentara retenerla para no tener que volver a quedarse solo cazando moscas. Podría disfrutar un poco más de esos ojos grandes de aspecto tan dulce.

– ¿Cómo te llamas? – Le preguntó.

– Celia, ¿y tú?

– Yo me llamo Alex. ¿Quieres sentarte? – La invitó poniéndose en pie señalando una silla vacía frente a él –. *¿Te gustaría tomar algo? Bueno, si quieres, tampoco quiero parecer un pesado, tal vez prefieras volver con tus amigos.*

– No hables tanto –, dijo Celia mientras se sentaba –, *claro que me gustaría tomar algo contigo, en cuanto a mis amigos, estoy hasta el moño de todos ellos. ¿Qué estas tomando?*

- Una cerveza, ¿quieres tú una?

- Vale – asintió ella.

Tenia ganas de hablar para saber más de él.

- ¿Cómo es que estas solo, no tienes hermanos? Cuéntame algo de ti, ¿de dónde has salido?

Alex levantó su cerveza para dar a entender en la distancia a la camarera que quería que le llevaran otra. A continuación siguió hablando.

– *Yo no tengo hermanos. Mis padres han comprado una casita que está pasando la iglesia, hacia la laguna y me han traído en contra de mi voluntad, yo no quería. Ya estuve aquí para ver la casa cuando la compraron. Me pareció un pueblo perdido y deshabitado. Lo que menos me apetecía era venir ahora en verano. ¿Y tú, vienes mucho por aquí?*

– *Somos de Parla, en Madrid, llevo viniendo con mi madre a la casa de mis abuelos toda mi vida,* – y añadió con tristeza –, *ellos ya no viven, ambos murieron en el mismo año, hace ya cinco.*

– *Lo siento mucho. Por el tono de tú voz aprecio que les querías mucho.*

– *Sí, así es, pero bueno, la vida sigue. A mi padre nunca le llegué a conocer, se debió ir antes de que yo naciera, nunca se habla nada de él, está prohibido. Yo creo que conoció a otra, lo típico. Debía ser un sinvergüenza. Tengo un hermano siete años mayor que yo, pero hace mucho que se casó y por aquí no se les ve el pelo nunca. Mi cuñada vino al pueblo, estuvo un día y dijo que aquí no volvían, que prefería el bullicio de la ciudad para vivir y el mar para veranear. No han vuelto porque mi hermano es un poco calzonazos. Tú no te quejes, que sólo has venido este verano, yo vengo también en Semana Santa e incluso regreso algunos años en el día de Todos los Santos para llevar flores a mis abuelos al cementerio.*

La camarera se acercó y dejó la cerveza encima de la mesa, cogiendo el billete de mil pesetas que él la ofreció antes de irse sin decir nada.

– *Pues el año que viene yo no pienso venir, me quedo en Baracaldo* –. Continuó él.

– *¿Eso que está, en Vizcaya?*

– *Sí, allí tengo a los colegas y la mayoría no va en verano a ningún lado. Si pudiera estar ahora allí, me lo estaría pasando bomba.*

– *Cuando acabe el verano supongo que seguirás estudiando. Te lo digo porque tienes pinta de empollón* –. Dijo ella con una risita.

– *Estudio FP, pero no soy ningún empollón. Voy aprobando todo, pero no es fácil. Este año he pasado a quinto de calderería, es el último curso.*

– *Eso de calderería, ¿qué es, para hacer calderos?*

– *Jaja, jaja, no, no. Es para fabricar productos metálicos, ahí todo el día curvando y cortando hierros* –. Respondió gesticulando con las manos.

– *Y tú, ¿qué estudias? Porque también tienes pinta de empollona.*

– A mí me quedan dos años para acabar la carrera de biología en la universidad. Espero aprobar todo a la primera y acabar cuanto antes.

– Y la biología tuya, ¿sirve para algo? Eso suena a carrera de ésas en las que luego te mueres de hambre.

– Si da para comer eso ya se verá, pero lo que está claro es que servir, sirve para mucho. Principalmente sirve para darnos cuenta de que la vida es el máximo don que se otorga a todos los seres vivos y ninguno tiene el derecho de arrebatársela a otro.

– ¿Ni siquiera yo a una mosca? – Preguntó acordándose de las primeras palabras de ella al acercarse.

– Efectivamente –. Respondió tajante.

– Y el león cuando atrapa a la cebra, ¿debería soltarla, hacerse amigos e ir los dos juntos a pastar? – Preguntó para intentar ponerla a prueba.

– Eso es distinto, forma parte de la naturaleza. El león nunca mata si no es para comer y así seguir vivo. El hombre, sin embargo, caza con el estomago lleno, lo hace por cruel diversión.

– Es decir, que si llego a cazar la mosca, me la tendría que haber comido.

– *¡Qué tonto eres!* –, dijo riendo. Aquel chico era muy majo e inteligente.

– *Ahora en serio, tal vez tengas algo de razón si hoy todos pensáramos así, como tú, muchos problemas en el mundo se resolverían mañana mismo* –. La miró fijamente antes de continuar –. *Ahora, hablando contigo, no echo de menos a los amigos de Baracaldo.*

Celia miró sus ojos verdes tan solo un instante antes de desviar la mirada. Aquello le había gustado oírlo, pero no tenía por qué saberlo nadie.

– *Y novia, ¿no tienes?* – Preguntó ella volviendo a mirarle, esperando que estuviera libre, aunque no entendía por qué quería eso.

– *Alguna buena amiga sí que tengo. Y tú ¿tienes novio?*

A ella no le agradó nada oír que tenía alguna buena amiga. En su interior brotó una extraña y desagradable sensación hasta ahora desconocida. Supo que eran celos, aunque nunca lo habría admitido. Además, qué le importaba si él no estaba libre.

– *Sí, tengo un novio, pero allí en Madrid* –. Los celos le hicieron mentir.

Saber que tenía novio hizo que una inmensa desesperanza se apoderara de él. Le hubiera gustado decirle que estaría dispuesto a venir a este pueblo incluso en el día de Todos los Santos a acompañarla a dejar flores en el cementerio, tan sólo por una mirada de esos ojos, que brillaban como dos gotas de miel líquida. Aquella chica le había dejado huella en unos pocos minutos. Sin embargo, intentando ocultar sus sentimientos para parecer fuerte, sus palabras fueron otras muy distintas.

– *Pues el próximo año, que ya soy mayor de edad, no me ven el pelo por aquí. Mi amiga se queda allí en vacaciones todos los años, el próximo verano seguro que lo pasaremos juntos.*

– *¿Aún no tienes los dieciocho?, te lo digo porque sí no eres mayor de edad, no puedes tomarte esa cerveza, tiene alcohol –*. Dijo ella para contraatacar, herida por su comentario.

Sus palabras se le habían clavado en la carne como las espinas de un zarzal, sin saber la razón hervía en su interior un extraño cóctel de sentimientos, tan contradictorios, que la empujaban a continuar hablando para seguir golpeando.

– *Yo sí puedo, tengo dieciocho y en diciembre cumplo los diecinueve.*

– *Claro que soy mayor de edad, en octubre cumplo los dieciocho –*. Se defendió él, sorprendido por el cambio tan brusco en la actitud de ella.

– *Si los cumples en octubre, ahora no los tienes. Tú tranquilo, si alguien te dice algo por tomar alcohol, le dices que estás a mi cargo, que te he dejado beber una* –. Añadió para rematar su golpe.

– *Oye, perdona, pero no soy un niño, tomo lo que quiero cuando quiero* –. Dijo Alex enfadado, cruzándose de brazos.

– *¡Uy!, todavía te enfadas igual que los niños* –. Se burló ella.

– *¡Bueno, ya basta! Esas tonterías te las va a aguantar tú novio* –, y levantándose apoyó ambas manos en la mesa, inclinando el cuerpo hacia donde se encontraba ella para añadir –, *¿seguro que no son tus amigos los que están hasta el moño de ti? Anda, vete con ellos.*

Con gesto malhumorado había dejado sin acabar su cerveza y se fue sin esperar el dinero de las vueltas con el que había pagado las consumiciones. Ni miró atrás, parecía un volcán en plena erupción.

– *¿Qué se ha pensado ésa? Será payasa, qué descanso tendrá su mierda novio lejos de ella* –. Murmuraba al alejarse sin saber ni a dónde iba.

En aquel pueblo tampoco había muchos más sitios donde ir, bares solamente había otro.

Caminó con las manos en los bolsillos por las estrechas calles empedradas del pueblo, dando patadas a las piedras que se interponían en su camino. Se dirigió hacia el bar que se encontraba en las afueras, junto a la carretera.

Llevaba un rato caminando pero seguía pensando en aquellos ojos y aquella chica que le había conseguido sacar de sus casillas en tan poco tiempo. Él nunca se enfadaba así. Algo en ella hacía que dejara de ser él mismo. Y no sabia lo que era.

Celia se quedó inmóvil, observando cómo se alejaba con las manos en los bolsillos.

– Tal vez me he pasado – pensó en un primer momento, pero luego, cuando ya no le veía al final de la calle, cambió de idea *– Bueno, él también se ha pasado, qué pesado con su buena amiga. ¿Qué más me da? Que se vaya con ella, sólo es un niñato.*

– Toma, las vueltas de las cervezas –. Interrumpió la camarera llegando desde atrás, sacándola de sus pensamientos.

Las cogió antes de volver con sus amigos que conversaban y reían como si ella nunca se hubiera ausentado de allí. Sin embargo, mirando la mesa vacía en la que habían estado sentados, Celia continuaba ausente.

Alex llegó al otro bar del pueblo. Vio al entrar que estaba vacío, no había ningún cliente a aquellas horas. Pidió una cerveza y al ir a pagar, se acordó que no le habían dado las vueltas de las mil pesetas. Pensó en regresar, pero no volvería por allí por nada del mundo. Pagó con lo que llevaba suelto y salió a tomársela a la solitaria terraza. Sentado allí, solo, veía los coches que, de forma esporádica, pasaban rompiendo el silencio de los campos sembrados al otro lado de la carretera. Miraba la cerveza y se acordaba de ella, miraba las molestas moscas volar a su alrededor y se acordaba de ella. Sin saber por qué, no intentó matar ninguna. Aspiró profundamente el aire puro que venía del campo y suspiró. Su cuerpo, su mente, ambos eran victimas de un increíble desasosiego. Fue entonces cuando supo que desde aquel instante, Celia era el aire que respiraba.

– *¡Maldita sea!. ¿Por qué me habré enfadado por una chorrada?* –. Pensó mientras daba un nuevo sorbo de la bebida.

****

– *¿Qué te pasa, hijo? Ayer no saliste de casa en todo el día y hoy vas por el mismo camino. Estás raro, algo te pasa.*

– *No me pasa nada mamá, sólo quiero que se pasen rápido estos días para volver a casa* –. Respondió Alex mientras su madre le llenaba el plato con unas alubias muy calientes –. *No me eches más, que no tengo hambre.*

– *Bueno eso ya lo hemos hablado antes de venir* –, interrumpió su padre mientras cortaba el pan, acomodado en el otro extremo de la pequeña mesa –. *El año que viene ya decidirás tú, pero este año tiene que ser así.*

– Venga come, y quiero que esta tarde salgas a conocer el pueblo –, le pidió su madre, sentándose a comer junto a él –. *Hay muchos chicos y chicas de tu edad aquí.*

– Nosotros esta tarde iremos a Ávila, que tu madre quiere ver la dichosa muralla –, dijo su padre, antes de preguntarle para forzarle a salir por el pueblo como opción menos mala –. *O ¿prefieres venir con nosotros?*

– No, no empeoremos las cosas, saldré un rato y haré lo que me pedís, pero no esperéis que encima esté contento. En cuanto a los chicos de aquí, el que no es tonto es bobo.

– Eso aún no puedes saberlo, sólo has salido un día, así que quiero que salgas esta tarde y juzgues antes de emitir una sentencia –, dijo su padre –. *Pero dales una oportunidad, seguro que alguien habrá que merezca la pena.*

Claro que lo había y sus ojos se habían quedado grabados en su mente, hasta el punto de no poder ni conciliar el sueño.

– Vale, vale. Ya he dicho que esta tarde saldré un rato.

Era primera hora de la tarde cuando Alex caminaba despacio, ocupado en sus pensamientos, buscando las minúsculas sombras por los bordes de las casas en dirección a las piscinas. El sol calentaba aún con fuerza y no se veía a nadie por las tortuosas calles. Su intención no era refrescarse con un buen baño en las piscinas, su intención era volver a verla, no podía seguir con esa sensación de ahogo que oprimía su pecho. Creyó que se le pasaría, pero a cada minuto esa sensación crecía sin parecer tener limite. Nunca había sentido algo así. Lo tenia decidido le perdonaría todo y volverían a empezar de cero, intentaría ser su amigo, esta vez no se enfadaría aunque se burlara de él. Estaba dispuesto, incluso, a dejarse manejar como una vulgar marioneta, si fuese necesario. Cualquier cosa con tal de estar con ella, aprovecharía la ausencia de su novio para así anular esa asfixiante angustia.

Llegó a la terraza que estaba perfectamente colocada con sus mesas de plástico en hileras y todas con sus cuatro sillas, cada una de ellas esperando que la moderación de la temperatura permitiera acercarse a los clientes. Las sombrillas de vivos colores eran una pobre defensa ante un sol tan imponente. A un lado de la terraza, una verja cubierta con enredaderas que impedían ver la piscina al otro lado, dejaba oír los chapoteos de los bañistas y las risas de los niños. En aquellas fechas, la masiva llegada de veraneantes de fuera daba vida al pueblo y también algún beneficio a los escasos negocios, para su sustento el resto del año; después en invierno, como ayuda, había que aplicarse en las labores del campo o ir a trabajar a la capital.

En la única mesa ocupada, ajenos e inmunes al calor bajo la sombrilla, reconoció a algunos chicos de la cuadrilla de amigos de ella, que se entretenían jugando a las cartas. Celia no estaba.

Continuó caminando hasta la barra y al cruzar junto a ellos, detuvieron el juego para mirarle. Saludó con un leve gesto de la cabeza pero nadie le devolvió el saludo. Al pasar de largo, se escucharon algunas risas amortiguadas.

– *Estos son tontos y yo tonto doble por estar aquí* –. Pensó al oírlos reír a su espalda mientras llegaba a la barra del bar, pero las ganas de verla podían con todo. Estaba dispuesto a hacer guardia todo el día, si fuera necesario, para poder verla.

– *¿Qué quieres, majo?* – Le preguntó la camarera búlgara sin apenas acento, en un buen castellano. En el pueblo había muchos inmigrantes copando los escasos negocios y, sobre todo, cuidando ancianos.

– *Una cerveza fría* –. Respondió de forma autómata.

Algunas se habían casado con hombres del pueblo, incluso rompiendo algún noviazgo largo y hasta matrimonios. Un escándalo imposible de concebir tan sólo unos años atrás. También alguna herencia de casa o tierras beneficiando a alguna de ellas había levantado más de una ampolla.

– *¿Caña o jarra?* – Le dio a elegir la camarera mostrándole un vaso de tubo en una mano y una jarra helada en la otra.

La jarra era muy tentadora con aquel calor, pero un extraño impulso le hizo cambiar de opinión.

– *No, mejor algo sin alcohol, una Pepsi* –, y ya dispuesto a ridiculizar conscientemente aun más la situación añadió –, *que sea light.*

Siempre tomaba cerveza, pero hoy no daría motivos para enfrentamientos. Luego, pensó que aquello, sin duda, era ridículo.

El sol había perdido su fuerza y faltaban pocas horas para que desapareciera por el horizonte. Los días aún eran largos. Las mesas se habían ido llenando paulatinamente hasta que ahora, prácticamente no quedaba ninguna libre. Su mesa estaba llena de botellines vacíos de *Pepsi* y ni rastro de ella.

– *¿Tendré que quedarme a dormir aquí?* –. Pensaba, intentando llevar con humor una situación tan grotesca. Afortunadamente, nadie le conocía en este pueblo lo suficiente como para poder reírse de él –. *Si estuviera mi amigo Tete aquí viéndome, se estaría riendo hasta las navidades.*

Seguía inmerso en sus pensamientos cuando junto a la mesa, unos niños pasaron jugando a perseguirse. Los siguió con la mirada mientras se alejaban corriendo y entonces fue cuando la vio. Celia, era ella.

El corazón parecía querer salir en su busca, brincando desbocado en su pecho. Estaba preciosa, llevaba de forma holgada, por la cintura, un cinturón ancho de color blanco a juego con las grafías abstractas de un bonito vestido lila, ligeramente escotado, que la llegaba por encima de las rodillas. Un pequeño bolso blanco colgaba de uno de sus hombros, que el vestido dejaba al aire. Su pelo, recogido con una graciosa diadema naranja fosforito, la daba un aspecto más infantil. Era preciosa. Toda ella brillaba a sus ojos.

No iba sola, llegaba acompañada por tres amigas y un amigo. Se dirigieron juntos hacia un grupo de jóvenes que habían unido varias mesas para estar todos juntos. Aquellos chicos eran mayores y antes de sentarse con ellos, uno se levantó para besarla en la mejilla, sujetándola por la cintura. Cada vez entendía menos por qué él estaba allí. Ella, seguramente, ni se acordaba ya de él.

– *Si yo también pudiera olvidar* –, pensó.

Pero él realmente no quería olvidar, él quería decirle lo que sentía, poder expresar sus sentimientos y esperar que ella no se riera de alguien tan patético. No podía dejar de mirarla, allí, lejos, riendo con aquel tipo que, por lo menos, le sacaba más de cinco años. Era un viejo. No aguantaba más aquella escena, viéndoles a los dos hablando, riendo, tocándose y disfrutando mientras él, sólo sentía dolor y frustración. Dolido, finalmente se cambio de silla para estar de espaldas y no poder verles.

– *Me voy, quiero desaparecer –*. Se dijo a si mismo sin ningún convencimiento.

Si fuera invisible, lloraría. Nunca había llorado desde que dejó de ser niño y nunca pensó que sería capaz de hacerlo por una chica. Toda la tarde sentado en aquellas sillas le estaban dejando la espalda molida. Miró la *Pepsi light* que se estaba tomando y entendió que ya era hora de dejar de hacer el tonto, decidió terminarla de un único trago para largarse a casa a esperar que el verano acabara. Ya la había visto. Se rendía, aquéllo ya era demasiado, sabía que al llegar a casa lloraría, el destino había escrito ese guion para él.

– *Hola Alex –*. Se giró y allí estaba ella, en pie, con una sonrisa y esos ojos de miel mirando su gesto de sorpresa –. *Ayer no te vi, ¿sigues enfadado conmigo?*

– *Sí... digo no, no –*. Balbuceó, sintiéndose en una nube. Otra vez con los nervios no sabía lo que decía.

– *Entonces hoy, ¿por qué no me invitas a sentarme contigo?*

– *Sí, sí, claro, siéntate por favor –*. Dijo levantándose como un resorte.

Estaba nervioso, temblaba como un paracaidista antes de su primer salto y al levantarse, lo hizo tan torpemente que golpeó la mesa con las piernas y media docena de botellines vacíos de *Pepsi light* cayeron por el suelo.

– *¡Mierda!, perdona que torpe soy* –. Se disculpaba mientras corría agachado detrás de los botellines, que rodaban esparcidos en múltiples direcciones con todas las personas observándole.

Ella se reía tapándose la boca con una mano, con moderación, no quería que hoy se enfadara. Le gustaba aquel chico torpe y tembloroso.

– *Ya está, todo en orden* –. Dijo sentándose después de colocar nuevamente todos los botellines en la mesa, haciendo como que no había pasado nada.

Ella se sentó y ambos permanecieron mirándose en silencio durante un momento, sin encontrar nada que decir. El tiempo pasaba más lentamente. Las personas de alrededor se difuminaron para que ellos pudieran estar solos. Después de unos segundos que parecieron mágicos, la gente regresó recuperando el reloj su ritmo normal. Fue ella la que habló primero, al mismo tiempo que sacaba un minúsculo monedero de su bolso.

– *Veo que hoy no has estado solo, está todo lleno de consumiciones vacías y ninguna es tuya, no veo las cervezas. Toma, tengo aquí tus vueltas de las mil pesetas del otro día.*

– *Pide con ese dinero algo para beber* –, e indicando con su mano los botellines de la mesa, añadió con ironía –, *todo esto que ves es mío. Hoy como no estaba acompañado de un mayor de edad, no he podido beber alcohol.*

– *Espero que no sigas enfadado por lo que te dije. ¿Cuánto tiempo llevas aquí sentado?* –. Preguntó sorprendida por la cantidad de botellines vacíos.

– *He pasado la tarde aquí, se estaba muy bien* –. Mintió con descaro.

– *Y también veo que todo es light, ¿estas a dieta?* – Preguntó sabiendo que mentía.

– *Uno que se cuida* –. Contestó sabiendo que le había calado. Ante la imposibilidad de seguir disimulando lo evidente, decidió pasar al contraataque, ahora tendría que mentir ella –. *¿Sabes una cosa?, yo también veo, y veo que tienes novio en tu pueblo y veo que aquí tonteas con aquel viejo. ¿Tienes algo que decir a eso?*

Ella ya no iba a mentir, le agarró la mano, se la apretó ligeramente para que supiera que lo que iba a decir era sincero y comenzó a hablar.

– *Lo primero es que Madrid no es un pueblo y lo segundo es que te mentí, no tengo ningún novio, todavía, y aquel viejo, bueno, tercero aquél al que llamas viejo es mi primo.*

Al escucharla decir todo aquello una sensación de felicidad entró a través de las manos, que continuaban juntas, recorriendo todo su cuerpo hasta parecerlo hacer flotar. Si fuera posible que los cuerpos pudieran levitar, el suyo lo estaría haciendo en ese preciso momento. Toda la angustia y el dolor en el pecho habían desaparecido, ahora todo era maravilloso.

Ella sabía que nunca quiso mentirle. Nunca debió haberlo hecho y al decirle la verdad, se sintió mucho mejor, casi le pierde por tonta. Aquel *"niñato"* le gustaba mucho. Por encima de la mesa, siguieron agarrándose las manos en silencio, se miraron hasta finalmente comenzar a reír juntos. Ahora los dos sabían que uno no podía estar sin el otro.

Era perfecto, por delante quedaba todo un largo y feliz verano que seguro sería inolvidable.

5

El despertador sonó cuando eran las siete en punto de la tarde. Alguien, con asombrosa precisión en la penumbra de la habitación, con una mano de dedos finos y largos, pulsó el botón que detuvo el estridente sonido. Encendió la luz de la mesita de noche, agarró un arrugado paquete de *Ducados*, extrajo un cigarrillo y lo prendió. Aspiró profundamente, exhalando posteriormente el humo con fuerza hacia el techo. El día anterior había sido largo, hasta altas horas de la madrugada los naipes fueron sus únicas armas y el tapete del *Texas Hold'em* su campo de batalla.

En el torneo la fortuna no le había acompañado, pese a empezar ganando varias manos y colocarse bien de fichas. En el ultimo tramo del campeonato, acariciando con la punta de sus dedos la mesa final, un *As–Rey de diamantes* en sus manos fueron la perdición. El único contrincante de la mesa que cubrió su fuerte apuesta inicial, se lanzó a un *all–in*, con unas pocas fichas más que él, después de salir sobre el verde tapete *As–Rey–ocho* en el *Flop*. Con la fuerte doble pareja formada, las posibilidades de perder, aunque existían, eran mínimas, su adversario parecía cazado. No podía haber color y decidió cubrir la apuesta. Las cartas se levantaron. Parecía increíble, su rival descubrió una *pareja de ochos* que, con el ocho de la mesa, completaba un demoledor *trío*. Un *Turn* y un *River* neutrales e intrascendentes acabaron por dejarle fuera con su *doble pareja*.

Apagó la colilla en un cenicero medio lleno junto a la cama. No había bebido mucho la noche anterior, pero al levantarse sintió una leve jaqueca que le oprimía uno de los lados de la cabeza con un dolor palpitante. Se le vinieron a la memoria las palabras que tantas veces le repitió su padre.

– *¡Ay Santitos!, hombre de noche, muñeco de día.*

Aquellos días quedaban lejos, ahora vivía solo y no tenía por qué dar explicaciones de nada a nadie.

Fue hasta el baño y se miró en el espejo. El reflejo le mostró un rostro ojeroso y algo hinchado. Se lo mojó varias veces con el agua fría, se aseó ligeramente, se afeitó la exigua barba con maquinilla eléctrica y después de peinarse, se perfumó. Se vistió con ropa oscura, como a él le gustaba. Volvió a la cocina para tomar un analgésico con el zumo de naranja de un *tetra–brik* empezado que había en el frigorífico. Estaba preparado para afrontar el encargo de hoy. Cogió su maletín y, cuando se dirigía a la puerta de la calle recordó algo, se detuvo para volver sobre sus pasos. De un cajón del salón extrajo una pequeña toalla con algo envuelto en su interior. La desenrolló con sumo cuidado, tomando por el mango un espléndido cuchillo de fabricación totalmente artesanal, con una hoja ancha de acero damasquinado y con una empuñadura elaborada con asta de toro. Al moverle, la hoja emitía unos brillantes destellos, como relámpagos. Lo observó sin poder evitar acordarse de su mejor amigo, con este regalo había dado en el clavo.

– *Hoy es el día perfecto para que te lleve conmigo, –*. Dijo en voz muy baja.

Guardó el cuchillo en el maletín y salió del piso para dirigirse a realizar el encargo. Desde el portal del bloque, vio que el día era lluvioso y numerosos charcos se diseminaban por el suelo, como lo harían las flores en una tela estampada. No llevaba paraguas, eso era un estorbo.

Una vez fuera, sacó un nuevo cigarrillo y protegiendo la llama del mechero del aire con su mano, lo prendió sin soltar el maletín. Al mirarle, se podía ver una persona de estatura normal, muy delgada y de piel muy blanca, parecía que nunca le había dado el sol. Su pelo negro, ligeramente ondulado siempre lo llevaba corto dejando ver un remolino en la coronilla, que difícilmente se podía domar con un peine. Su nariz era peculiar, excesivamente grande, algo desproporcionada en aquel cuerpo tan delgado. Sus ojos marrones, muy oscuros, veían transcurrir la vida tras una perpetua cortina de humo del cigarrillo que solía portar en la comisura de sus finísimos labios o entre sus dedos. Sus manos eran grandes, ese tamaño no encajaba en un físico tan menudo y sus dedos eran largos y finos. Las manos eran su principal herramienta de trabajo y se sentía orgulloso de ellas, tenían la precisión de un cirujano y la virtuosidad de un violinista.

Antes de continuar el camino, era parada obligada una churrería cuyo cartel invitaba a entrar mostrando su nombre, *"Oh bai bai"*, iluminado con unas llamativas luces intermitentes amarillas de Neón. Allí, unos deliciosos churros y café con leche caliente eran sin duda la mejor manera de comenzar su día.

Entró en el establecimiento, se acomodó en un taburete de la barra y dejó el maletín a la vista sobre el mostrador, cayendo algo de ceniza encima. Algunas ancianas merendaban sentadas en una de las mesas mientras se contaban sus múltiples dolencias de todo tipo. Al otro extremo de la barra, una pareja joven tomaba algo acarameladamente. El camarero se acercó a donde él estaba.

– *¡Hola!, ¿qué te pongo?* – Preguntó serio mientras limpiaba con una bayeta la ceniza sobre el mostrador.

– *Café con leche, caliente y en vaso. Tráete también unos churros....... Dos raciones.*

– ¡Marchando dos raciones! – Dijo en voz alta para que le escucharan en la cocina mientras se dirigía a la maquina de hacer los cafés.

No comía nada desde el día anterior y posiblemente esto sería todo el alimento hasta la madrugada.

El camarero se acercó.

– Aquí tienes el café, ahora te traigo los churros.

Asintió con la cabeza sin decir nada, envuelto en el humo de su cigarrillo. Ese hombre no le caía nada bien desde prácticamente el primer día que abrió el local. Al hablar, mentía como un cosaco y en todas las aventuras que contaba siempre quedaba como el más listo, el más fuerte o el más guapo de todos. Era un fantasma. Seguía viniendo porque su mujer los churros los hacía muy bien y porque le gustaba entretenerse mirando furtivamente sus hermosos y enormes pechos.

Cogió el periódico de una bandeja y su lectura le llevó por una sucesión de noticias, todas ellas plagadas de sangre y muerte por todo el mundo. *"Nuevo atentado en Irak"*, muertos y heridos, *"Ataque pro-animalistas en México D.F."*, muerto y herido, *"Terremoto en Pakistán"*, muertos y heridos, *"Avión siniestrado en Rusia"*, muertos, accidentes de trafico, muertos y heridos, violencia de género, muerta; parecía que todos íbamos a morir trágicamente de un momento a otro. Santos no se inmutaba fácilmente con este tipo de noticias. Se podía decir que de alguna forma la sangre y la muerte formaban parte de su vida como algo cotidiano.

– Los churros, aquí los tienes.

Apagó el cigarrillo y acompañó la lectura con los churros. Estaban buenísimos. Miró al fondo, hacia la cocina, por la puerta entreabierta la pudo ver. Tenia unos pechos impresionantes.

Se imaginó saltando ágilmente el mostrador, dando un fuerte golpe al marido por bravucón y mentiroso, dejándolo inconsciente. Entonces, ella, agradecida por librarle de un hombre tan repugnante, le llevaba de la mano hasta la cocina para dejarse tocar y besar sus carnosos pechos desnudos como recompensa.

Con tanto apetito los churros se acabaron rápido. Dio el último sorbo del café y tras limpiarse meticulosamente el azúcar que se había adherido a sus dedos, devolvió el periódico perfectamente plegado a la bandeja. Depositó el precio exacto de la merienda y agarró el maletín para irse, como de costumbre, sin decir nada.

Al salir del establecimiento echó un vistazo al estrecho río que pasaba justo por allí, pudiendo apreciar que las mareas vivas lo tenía casi a su nivel más alto. El pabellón de remo, totalmente remodelado, se mostraba solitario en la otra orilla. Junto a él, se encontraban las ruinas del viejo cargadero de mineral, que seguía desafiando el paso del tiempo.

Excesivamente iluminado para hacerse ver como único protagonista, un nuevo puente metálico unía imponente las dos orillas, con su planta curva con varios carriles en ambos sentidos, atirantado y con un gran arco por su parte superior que cruzaba de un extremo al otro. Sus múltiples luces salpicaban con infinitos destellos la superficie líquida, como si miles de peces asomaran sus lomos plateados por encima del agua. Egoístamente, dejaba en un segundo plano al antiguo puente de ladrillo y piedra que, junto a él, mostraba en sus pilares los escudos de las dos poblaciones que unía y su provincia, como restos semiocultos de un pasado que, ya olvidado, a nadie parecía interesar. Éste era el último tramo del río antes de verter sus aguas a otro mucho más ancho que, convertido en ría por la proximidad de la costa, se encargaría de llevarlas hasta el mar.

Unas enormes nubes grises llegaban desde los montes bajos del horizonte, cubriendo el cielo totalmente, tal vez habría estado lloviendo todo el día. Pese al mal tiempo, algunas aves acuáticas continuaban su actividad diaria, guiadas por el instinto y azuzadas por el hambre. De vez en cuando, se escuchaban los chapoteos de los peces que saltaban por encima de la superficie del agua. Especies de aves, patos, garzas, garcetas, cormoranes. Variedades de peces, mojarras, lubinas, chicharros. Tanta vida. Nadie lo hubiera imaginado allí tan solo hace unos años.

– Todo quedó contaminado para beneficio de unos pocos bolsillos, ahora se limpiaba con los bolsillos de todos –. Pensó Santos mientras observaba una gaviota totalmente blanca descansando a lo lejos en el cargadero.

Las luces de las farolas se encendieron. La jaqueca había desaparecido cuando comenzó a andar, tenía un encargo que hacer.

6

Ese día un gran sol gualdo mostraba a todos porque él era el astro rey. Reinaba en el cielo sin que nada ni nadie ensombreciera su poder, aunque el efecto de sus rayos ya no eran los del verano. La temperatura era agradable y todo se iluminaba con brillante hermosura. En lo meteorológico, un día perfecto.

El rugido de un motor comenzaba a oírse en la lejanía acercándose, poco a poco, hasta romper la armonía de sonidos que, en una inacabable partitura, la naturaleza tocaba bajo la batuta del dios Júpiter al que los romanos consagraron el árbol de la encina, símbolo de la constancia y de la fidelidad. Esas mismas encinas a los bordes de la carretera fueron testigos impasibles de la llegada de un pequeño y antiguo camión para transporte, que se detuvo frente a una edificación alta de madera, que hacía las veces de corral y granero.

En la cabina, de un color rojo intenso, en un gran letrero colocado encima del parabrisas se podía leer *"Dehesa del Sur"*. Tenía dos ejes de ruedas, el de atrás con ruedas dobles, y un pequeño remolque cubierto con un sucio toldo negro. Se apearon de él dos personas. El conductor era de baja estatura y complexión normal, su media melena estaba alborotada con un pelo negro que era algo rizado. Su cara estaba morena, surcada por algunas suaves arrugas que mostraban un reciente abandono de la juventud. Su gesto era bobalicón, lo cual le daba un aire de persona despreocupada. Su compañero era alto y delgado, pelo negro y desaliñado, con un andar desgarbado y muy peculiar debido a una ligera cojera. Se dirigían hacia la nave cuando, antes de llegar, alguien salió de ella en busca de ambos. Su sombrero de paja, la cara algo sucia y su cabello y corta barba tocados con tonos canos le daban un aspecto de persona de mucha más edad de la que realmente tenia. Nadie la hubiera adivinado. Su cuerpo era obeso, de poca estatura, sus movimientos lentos, propios de una persona con todo el trabajo hecho, y poco amigo de prisas. En su mano portaba un palo corto y robusto que hacia girar hábilmente en el aire de forma despreocupada.

Todos ellos coincidieron a escasos metros de la entrada.

– *¡Hola!* –, saludó colocándose mejor su sombrero de paja –. *Veo que esta vez habéis sido puntuales.*

– *¿Qué tal Samuel?* – Respondió el de menor estatura con una de esas voces roncas por el abuso del tabaco –. *Hacía tiempo que no veníamos. Has engordado, estas más gordo.*

– *Sí, es cierto* –, apostilló su compañero con una sonrisa en su boca que dejaba ver la ausencia de algunos dientes –, *por lo menos diez kilos.*

– *No, tanto no –*, pareció disculparse visiblemente molesto –. *He dejado de fumar, ya se sabe, parece que eso engorda un poco.*

– *Bueno, al grano* – interrumpió el conductor. No le gustaba la gente que intentaba dejar de fumar y menos la que lo conseguía –. *¿Dónde está ese cerdo?, ¿lo tienes?*

– *Sí, claro que lo tengo. Está ahí dentro durmiendo un rato* – les indicó con el palo señalando hacia la puerta que quedaba a su espalda –. *He tenido que ajustarle un buen leñazo. El muy cabrón se puso tonto, no tuve más remedio. Ha quedado inconsciente en el suelo, no se mueve.*

– *¡Qué bestia eres!, espero que no lo hayas matado. Al Vasco sabes que solo le sirve vivo –.* Le dijo con voz seria mientras se dirigía a la puerta, haciendo un gesto a su compañero para que le siguiera –. *Venga, vamos a cogerlo.*

– *¡Joder!, ahora habrá que cargar con él –.* Se quejó el más alto, gesticulando de forma exagerada –. *¿Por qué le tuviste que pegar tan fuerte?*

Pero el hombre del sombrero de paja ya no le escuchó, se encontraba caminando hacia la casa despreocupado de todo. Con la llegada de esos dos su trabajo había terminado.

7

La llamada en un móvil les hizo despertar.

– *Es el tuyo Alex. Cógelo, que será Tete, se nos ha debido hacer tarde* –. Dijo Celia saliendo bruscamente de sus sueños.

– *Buenos días, cariño* –. La susurró al oído dándola un beso en el cuello antes de salir de la cama para responder la llamada.

Llevaban cuatro años viviendo juntos y eran igual de felices que el primer día. Alex se acordaba del disgusto de sus padres por esta decisión que, con la ayuda del tiempo, parecía que ya había remitido algo. La decisión de vivir juntos sin casarse no les gustó nada y sus malos augurios para el futuro de los primeros momentos habían quedado callados y sin cumplir, todo iba muy bien. Al hermano de ella no le veían nunca, únicamente algunas llamadas de teléfono por navidad mantenían el mínimo contacto. Con Bárbara, la madre de Celia, era distinto. La relación era estupenda, siempre los había apoyado en todas las decisiones que tomaron, incluso en aquellas que eran tan difíciles de entender desde la óptica de unos padres. Especialmente duro para Bárbara fue cuando su hija y Alex decidieron irse a vivir juntos y hacerlo allí, tan lejos, al norte.

Los padres de Alex disfrutaron de la casa del pueblo durante tres años antes de tener que venderla por problemas económicos pero, a pesar de no tener ya su familia la casa, él seguía yendo todos los veranos, en Semana Santa e incluso en el día de Todos los Santos a llevar flores al cementerio, acompañando a las dos mujeres que tanto quería.

Cogió el teléfono y era Tete. Tenía todo el material dispuesto y estaba esperando en la lonja a que llegaran para que Celia se encargara de prepararlo para la misión. Lo había tenido todo dispuesto antes de lo previsto.

Las persianas se levantaron entrando, a través de las ventanas, la claridad del nuevo día que inundó la casa. Abajo se veía el parque infantil, que se encontraba vacío y silencioso a aquellas horas. Los columpios, los muelles de diferentes modelos, los balancines y aquellos laberínticos toboganes de vivos colores permanecían estáticos, como dormidos, olvidados a esas horas. El cielo estaba cubierto de unas nubes con infinidad de tonalidades, todas ellas grises. Ese día sería lluvioso.

Ella hacía la cama mientras él preparaba los desayunos. Alex tenía por delante un mes sin trabajar y podría prepararla el desayuno todas las mañanas. Le gustaba observarle cómo tomaba la leche que él había calentado, sentados juntos, mojando las magdalenas con todos sus pelos alborotados y haciendo esos ruiditos al sorber que tanta gracia le hacían. Esas pequeñas cosas le hacían ser maravillosa. Él no estaba de vacaciones, la etapa de crisis había hecho disminuir el trabajo y la producción se había aletargado, causando que en algunos periodos de tiempo no tuviera que ir a trabajar. Con el tiempo había esperanzas de que el trabajo volviera a los niveles de años anteriores, pero ahora tocaba ajustarse los cinturones. El poder estar con ella todo el día compensaba todo lo demás.

Celia no trabajaba. No había muchas oportunidades para una Bióloga y, de momento, no había tenido mucha suerte. Su pasión por los seres vivos, el medio ambiente y la ecología no habían sido suficiente para que alguien la diera una oportunidad. Su gran valía y el tiempo terminarían por imponerse haciendo cambiar las cosas. Desde que acabó la carrera, su actividad principal había sido cooperar y participar en proyectos de una asociación contra el maltrato animal. Su vida giraba alrededor de esa actividad y había conseguido con su entusiasmo y persuasión que todos a su alrededor se involucrasen con ella. Incluso Tete, que siempre había sido tan pasota, lo hizo.

Se estaba haciendo tarde. Celia continuaba en el baño, con el secador del pelo rugiendo con el sonido de un motor de reacción.

– *¡Celia!, voy a por el coche y te recojo abajo* –. Gritó Alex para que ella le oyera desde el baño.

– *Vale cariño, ahora mismo termino de peinarme y bajo* –. Contestó ella, deteniendo momentáneamente el rugido del secador para no tener que gritar.

Alex cogió las llaves del coche y salió de casa. Al llegar del aeropuerto habían aparcado lejos del portal y tuvo que caminar bajo la fina lluvia que había comenzado a caer. Al entrar en el coche, vio el periódico que el día anterior había viajado desde México y que Celia había olvidado allí tirado. Antes de arrancar, lo cogió y lo abrió para leer los detalles de las noticias del interior.

La lluvia seguía cubriendo los cristales del coche con infinidad de gotas que se escurrían veloces para dejar su sitio a las siguientes. En las columnas interiores informaban del ataque y posterior incendio en un edificio de una empresa multinacional de fabricación y distribución de cosméticos. No era el primer ataque que sufrían pero sí era, con diferencia, el más contundente y dañino. El experimentar sus productos con animales, les estaba causando problemas. Los daños materiales fueron cuantiosos y los destrozos habían obligado a suspender la actividad temporalmente para proceder a los arreglos. Los daños humanos se habían saldado con un muerto y un herido con lesiones que le impedirían volver a hacer una vida normal.

Una persona había muerto y para otra su vida no volvería a ser como lo había sido hasta entonces. Tras leer aquello, una sensación de vacío se apoderó de él, su mente no encontraba la forma de justificarlo, por más que lo intentaba. Había dos hijos pequeños que no volverían a ver a su padre, que dejaba viuda a una mujer con el resto de su vida sembrada con la semilla de la desgracia. Celia le había contado lo que pasó, hasta donde le habían dicho que podía contar, pero no había dicho nada de muertos ni heridos. El pensar que ella se encontraba allí, que podía haberle pasado algo, habiendo muerto una persona, hacía que comenzara a dudar sobre la conveniencia de lo que estaban haciendo. Un muerto, ella no tuvo nada que ver. Sólo estaba allí, fueron otros los que lo hicieron. Ella no podría haberlo evitado ni aun proponiéndoselo, aquéllo era inevitable y esa fatalidad un capricho del azar.

Salió del coche para tirar el periódico a una papelera. Permaneció inmóvil bajo la lluvia, mojándose durante un rato, pensando si debía decírselo o no. Volvió al coche y arrancó el motor poniéndose en marcha para ir en su busca, ya estaría esperando.

Celia miraba cómo conducía, siempre se ponía muy serio cuando cogía un volante, pero hoy no le haría ningún chiste con ello. Hoy era un día especial y la tensión se empezaba a notar, el silencio era la mejor medicina para controlar los nervios. Siguió mirándole y le quitó una pelusa que llevaba en el hombro. Él la miró un momento, antes de romper el silencio al hablar.

– *¿Estás segura de que hacemos lo adecuado?*

Ella quiso responder con una sonrisa y al mirarle vio la pequeña cicatriz en su cuello. Acudió a su recuerdo aquella noche del *spray*, provocando un escalofrío que recorrió su cuerpo. Un mal presentimiento se apoderó de ella y tuvo que luchar para deshacerse de aquella sombría sensación.

****

– *Aquí están los sprays* –, dijo Alex arrojando los botes encima de la mesa –. *Todos son de pintura muy roja, como tú mandaste.*

– *Muy bien cariño* –, le agradeció Celia con una sonrisa –. *Y tú Tete, ¿has traído lo que se te encargó?*

– *Por supuesto –*, respondió depositando junto a los *sprays* dos pasamontañas negros y uno rosa –. *Uno para Alex, otro para mí y este rosita para ti, ¿te gusta?*

– *Pero bueno, ¿cómo compras esto? Te dije que los tres debían ser negros. Esa mierda te la vas a poner tú.*

– *Lo vi y no pude resistirme, tuve que comprártelo. Parecía hecho especialmente para ti.*

– *Jaja, jaja, tonta, si es muy bonito –*, se burlaba Alex –. *Anda, póntelo que te veamos.*

– *Sí, póntelo, ya verás, vas a ser la "graffitera" anónima más sexy –*. Bromeó Tete.

– *Bueno, ya vale de tonterías –*, dijo ella poniéndose extremadamente seria –. *Esto es lo más arriesgado que hemos hecho hasta ahora y hay que tomárselo en serio.*

– *Venga no te enfades toma, aquí hay otro –*. Dijo Tete con una sonrisita burlona aún en su cara mientras depositaba otro pasamontañas en la mesa, esta vez de color negro.

Alex intentaba esconder su sonrisa tras una mano para no enfadarla.

– *Qué payasos sois –*. Acertó a decir con una media sonrisa.

Hacía un rato que había anochecido y no se veía a nadie por las calles, únicamente algún coche aislado rompía el armónico silencio al cruzar. Las luces de las farolas y de los escaparates de los comercios alumbraban las aceras.

Los tres caminaban en silencio. Celia y Tete lo hacían juntos mientras Alex, un paso por delante, llevaba la mochila a su espalda con todo el material. Llegaron a la gran plaza y continuaron caminando, dejando el edificio de seis plantas del Ayuntamiento atrás. Su gran reloj cuadrado colocado en la fachada de caravista marcaba las doce y media de la noche. Los ventiladores de los aparatos de aire acondicionado se amontonaban colgados en la fachada en la ultima planta. Los tres miraron la escultura de acero oxidado con formas retorcidas, semejante a cortezas de cerdo una sobre otra, que había cerca de la entrada. A ellos les recordó las miles de veces que habían jugado juntos allí de niños subiendo por ella. La otra escultura con forma de avión, hacía años que la habían quitado.

Continuaron por una de las vías principales del pueblo hasta que giraron por una calle más estrecha hacia la derecha. Avanzaron algunos metros divisando al fondo el edificio rojo que buscaban, con la garita verde del vigilante guardando la entrada al interior del recinto. Entonces se detuvieron.

– *Allí está, hemos llegado* –. Dijo Alex apuntando con el dedo, al alzar levemente su brazo por un instante.

– Bueno, ya sabemos lo que tenemos que hacer cada uno –, les informó Celia *–. Recordad que tiene que ser todo muy rápido. Cuando el guarda salga, volvemos a saltar el muro y corremos calle abajo hasta los semáforos del cruce. Una vez allí, cada uno por su lado y mañana nos vemos. ¿De acuerdo?*

– De acuerdo –. Respondieron los dos.

– Adelante entonces.

Hacía mucho frío y el pasamontañas se agradecía cubriendo la cara. Cada uno cogió dos *sprays* y se acercaron hasta el muro que limitaba un gran patio con el edificio en el centro. Moviéndose con gran agilidad y destreza, treparon por el muro accediendo al interior. Cruzaron velozmente el patio y se separaron cuando llegaron hasta el edificio, comenzando a pintar con el *spray* rojo las consignas sobre las paredes.

¡Torturadores asesinos! ¡Basta de crímenes! ¡No más asesinatos!

El vigilante desde la garita vio moverse algo en el interior del recinto y salió a comprobar si todo estaba en orden. Le pareció haber visto una figura moverse furtivamente entre las penumbras que cubrían la explanada. Al salir por la puerta, vio en la distancia una persona encapuchada haciendo pintadas con un *spray* en la pared.

– ¡Alto! ¡Eh, tú! –, gritó el vigilante con autoridad acercándose hacia él *–. ¡Detente!*

Al avanzar, vio que más encapuchados se encontraban en el interior merodeando por el edificio y entonces se detuvo. Tuvo miedo, no quería correr riesgos, el sueldo no era alto y la jornada de trabajo larga, su familia lo esperaba en casa.

— *¡Deteneos!* — Gritó sacando su revolver reglamentario del calibre 38. No iba a permitir que tuvieran la más mínima opción sobre él.

— *¡Rápido, a correr!* — Escuchó que gritaba el más bajito de los encapuchados.

Corrieron hacia el muro y lo franquearon amortiguando la caída al llegar al otro lado. Los tres corrían juntos por una estrecha calle en dirección contraria a la que habían llegado, tal y como lo habían planeado. Todo había salido bien, ahora sólo tocaba correr y a casa.

De improviso, un disparo sonó como un trueno en la tranquilidad de la noche. Prácticamente seguido, se oyó un segundo disparo.

— *¿Qué hace ese loco?* — Preguntaba Tete mientras corría. Sin aminorar la velocidad miró fugazmente atrás y vio al vigilante en la entrada a lo lejos con su arma en alto.

— *El muy cabrón me ha dado* —. Dijo Alex mientras seguía avanzando corriendo con la mano en el cuello.

– ¿Cómo que te ha dado? ¿Dónde ha sido? ¿Puedes seguir corriendo? –. Preguntó ella con cierta angustia en la voz sin dejar de correr.

– Tranquilos, creo que sólo me ha rozado.

La sangre se veía chorrear por su mano, descendiendo por el brazo. Se quitó la capucha y la utilizó para detener la hemorragia presionando sobre la herida.

– Vayamos a la lonja, rápido –. Ordenó Celia al llegar al punto previsto en el que debían separarse, cambiando los planes en un intento por controlar la situación.

Todos se habían quitado ya los pasamontañas. La lonja no estaba lejos de allí. Siguieron corriendo por esa misma calle hasta que se desviaron a la derecha por un *bidegorri*. Unos doscientos metros más adelante salieron del carril bici por la izquierda, para bajar por una cuesta unos metros más, hasta llegar a la lonja. Abrieron rápidamente y se metieron dentro, cerrando con las luces apagadas. Dejaron en el suelo la mochila con el resto de material, estaban extenuados y debían recuperar el aliento. Se les oía jadear en la oscuridad de la lonja. Cuando recuperaron un mínimo de aliento después de la larga carrera, acercaron unas sillas.

– Ven, déjame ver que tienes, siéntate –, dijo ella en voz muy baja impaciente por saber el alcance de la lesión *– Tete enciende un momento la luz pequeña.*

Al quitar la mano con el pasamontañas se pudo ver que había bastante sangre que brotaba de una herida abierta en el lado derecho del cuello. Tete se acercó con gesto preocupado ofreciendo a Celia los productos que había ido a buscar al botiquín que tenían en el armario.

— *Toma, límpiale la sangre y veamos si ha sido mucho. No sería conveniente ir a un medico, a no ser que sea totalmente necesario.*

— *No debe ser nada. Noté como un golpe y empecé a sangrar muy rápidamente, pero no duele ni nada* —. Dijo Alex para tranquilizarlos.

— *Parece que ha sido una esquirla de la bala de ese cabrón al rebotar en la pared* —. Diagnosticó Celia mientras limpiaba la sangre de la herida —. *Ese hijoputa era un loco. Se le va a caer el pelo por disparar, a ver como lo justifica cuando le pregunten qué ha pasado.*

— *Hoy precisamente que íbamos nosotros había un puto "John Wayne" de guardia.* —. Se quejó Tete, dando un puñetazo en la mesa.

— *Estate tranquilo y no hagas ruido, habla bajo, no empeoremos las cosas* —, le recriminó ella —. *Afortunadamente, esto no parece ser gran cosa. Esperaremos un rato a que cese la hemorragia y dormiremos aquí.*

– *Mañana ya limpio yo todo esto. Lo estoy dejando todo echo una mierda –*. Pareció disculparse Alex.

– *No seas tonto, ya se limpiará –*, dijo su compañera con una sonrisa en la cara que disimulaba el susto que aún le hacia temblar el cuerpo –. *Tete, apaga la luz.*

****

La pregunta que él había formulado aún resonaba en el interior del coche cuando la repitió por segunda vez.

– *Celia, ¿crees que esto que hacemos está bien?*

Los malos presagios habían desaparecido, empujados por el ansioso deseo de que todo debía salir bien.

– *Estoy convencida de ello y tú deberías creerlo también.*

Su respuesta pareció tranquilizarle y fue entonces cuando recordó que el periódico de México había quedado en el coche el día anterior. Se giró para cogerlo de los asientos traseros y vio que no estaba allí.

– *Alex, ¿dónde está el periódico?* – Preguntó angustiada al no verlo –. *Ayer lo dejé aquí detrás.*

– Lo vi cuando entré al coche y pensé que lo mejor era deshacernos de él, nunca se sabe, lo he tirado en una papelera. ¿No habré hecho algo malo?

– ¿Lo has leído?

– No, ¿para qué? Tú ya me contaste todo lo importante anoche –. Mintió él.

Ella no le había contado todo pero era mejor así, ya nada podía cambiar las cosas pasadas. No saberlo todo evitaba complicaciones y nuevas dudas.

– Sí, has hecho bien en tirarlo –. Asintió Celia.

Ya quedaba poco para llegar a la lonja donde Tete se encontraba esperando tal y como estaba planeado.

8

Comenzaba a clarear el día, la luz difícilmente entraba en el interior del pequeño remolque del camión a través del toldo y apenas se podía ver algo. Mi mente, ahora, estaba más ágil y clara pero seguía sin recordar quién era yo.

La imagen de la mujer madura de mirada dulce volvió a mi cabeza. Felisa, era Felisa. Rubia, de blanca piel y toda dulzura. Sus gestos eran cariñosos y su voz tranquilizadora. No recordaba qué relación tenía conmigo, pero sabía que ella me quería, ella debía ser quien me librara de aquella pesadilla.

Con energías renovadas, decidí forcejear en un intento por medir la resistencia de los elementos que me mantenían inmóvil, pero únicamente conseguí agotarme y hacerme daño. Tenía la garganta tan seca que ni siquiera podría pedir auxilio a quien se acercase, entonces, una sensación de pánico se apoderó de mí. La razón me fue abandonando e instintivamente, como un animal salvaje, sin poder controlarme, comencé a retorcerme y a empujar en todas direcciones. Unos sonidos metálicos y el crujir de unos tablones contra mi cuerpo fueron el único fruto a tanto esfuerzo. El sonido de dos fuertes golpes dados en la chapa al otro lado de la cabina hicieron quedarme como una estatua.

– ¿Qué está pasando ahí? –, gritó una voz ronca con enfado –. A estar tranquilos, que como tengamos que parar, alguno llega caliente.

Un agudo pinchazo en el corazón hizo que éste se desbocara a una velocidad incontrolable.

– Tal vez sea alguien que necesite otro masaje con palo en la sesera, jajá, jajá –. Continuó otra voz en alto, mientras carcajeaba.

Mi pecho era golpeado por el corazón desde el interior de mi cuerpo, como intentando buscar una salida que no existía. Con cada latido parecía hincharse y deshincharse multiplicando su tamaño hasta parecer que iba a reventar, para luego casi desaparecer provocando un gran vacío, doloroso, que no se podría llenar jamás con nada. Entonces se volvía a hinchar. Así una y otra vez, a gran velocidad. Notaba la sangre circular por todo mi cuerpo, como el agua en un torrente de montaña fruto del deshielo primaveral. No sé cuánto tiempo me mantuve en ese estado de extrema taquicardia, pero, poco a poco, ayudado por respiraciones profundas y pausadas, conseguí dominar mi angustia, mi dolor y mi miedo.

Esos que me transportaban no eran amigos míos, ni Ángeles de la guarda que hubieran venido en mi auxilio, ni estaban preocupados por mi situación. Era un secuestro, estas tres palabras resonaban como replique de tambor en mi mente. Era un secuestro. Era un secuestro.

Yo tenía grandes posesiones en tierras, seguramente mucho más que ahora no recordaba. Sí, eso era, esos inmensos campos de encinas a los que mi imaginación me transportaba con tanta facilidad eran de mi propiedad y su valor incalculable. Claro que sí y, posiblemente, Felisa, ya esté enterada, empleándose a fondo en mi búsqueda. Desde entonces, me agarré fuertemente a la esperanza de que ella aparecería en cualquier momento y todo se solucionaría. Hasta que ese momento llegara, debía hacer todo lo posible para no dejarme vencer por la tortura del viaje e intentar todo lo que estuviera a mi alcance para no perder el control. Debía tener riquezas, por que mi cuerpo lo notaba excesivamente gordo para trabajar y seguro que era el fruto de una vida ociosa y holgazana ante la innecesidad de tenerme que ganar el sustento por mi propio esfuerzo.

– *Mi mente comienza a funcionar a toda maquina* –, pensé optimista –. *Eso ya es una buena noticia. En poco tiempo recordaré todo.*

9

– *¡Eh! Santitos, ¿vienes al Remo?* –, gritó un niño regordete de pantalones cortos y cara traviesa, dirigiéndose al que jugaba en solitario con unas canicas de cristal de mil colores.

– *Sí, espera Txumi* –, respondió Santitos recogiendo a toda prisa sus canicas –. *¿Por qué has tardado tanto en bajar?*

– *Mi madre, que es una pesada, hasta que no acabara de merendar no me dejaba bajar* –, dijo con gesto de enfado, echando a correr –. *¡Vamos, corre! Ahora está la marea baja, podremos bajar al fango.*

Avanzaron con paso ligero por el borde de una carretera que tenia dos carriles, atravesando las vías que la empresa *AHV* utilizaba para el transporte en tren del acero que fabricaba en sus imponentes altos hornos. El guarda del paso a nivel se encontraba en el interior de una caseta de caravista rojo, con tejado plano y con su frontal totalmente acristalado. Miró con despreocupación a los dos niños que traspasaban los raíles e hizo como que se enfadaba cuando estos le hicieron burla antes de echar a correr.

Atravesaron el único puente que, durante décadas, posibilitaba alcanzar a pie la otra margen del pequeño río, era de piedra con tres arcos flanqueados por escudos en sus pilares. Antes de su construcción, una pequeña barca de gasoil

75

transportaba a las personas de un lado al otro, uniendo las dos orillas, cortando con la proa el río en dos mitades en un inacabable e imposible intento por separarlo definitivamente.

Residuos sólidos, de mil formas y colores, bajaban flotando por el agua contaminada con cientos de sustancias toxicas, vertidas indiscriminadamente durante más de un siglo de actividad industrial pesada. Gaviotas y ratas eran los habitantes supervivientes en un mundo donde lo único que crecía era la gruesa capa de fango, que se amontonaba en ambas márgenes. El hedor era a cloaca. Era algo normal, siempre había sido así.

Al otro lado del puente, hacia la izquierda con una curva muy cerrada, continuaba la carretera. Ellos siguieron caminando a la derecha pasando por la gran puerta verde enrejada, siempre abierta, semicaida y atacada por el óxido que daba entrada al recinto. La zona era amplia y diáfana, de planta rectangular delimitada a un lado a lo largo por un muro enorme de piedra que llegaba hasta el fondo y por el otro lado por la orilla del río. Cientos de lagartijas pululaban por el gran muro en el que miles de resquicios les proporcionaban refugio y seguridad. El suelo era en su mayor parte de arena de grano grueso, con unas pocas islas de malas hierbas, que, de forma diseminada luchaban por arrancar algo de nutrientes de aquel terreno tan árido e inhóspito. Al fondo, junto a la valla que separaba el recinto de los terrenos de las fabricas, dos higueras daban su sombra a un suelo cubierto de malezas enmarañadas. El pabellón de Remo se erguía solitario en el vértice que formaban la unión de las orillas del pequeño río y el otro más grande, convertido en ría, en el que éste desembocaba.

– *Vamos hasta el cargadero* –, sugirió Santitos mientras se agachaba al suelo –. *Coge piedras a ver quien llega más lejos.*

– *Sabes que siempre gano yo, "caraculo".*

– *Ya veremos "espabilao".*

En la orilla, junto al pabellón de remo, bajando un ligero desnivel de tierra, la estructura en ruinas de lo que fue un cargadero de mineral se proyectaba hacia el agua unos pocos metros. Con la marea baja se le podía ver alzándose sobre el fango. Los pilares de hormigón y su solera estaban resquebrajados por efecto de la erosión dejando, ver un esqueleto de varillas retorcidas y oxidadas.

– *Tira tú primero* –, pidió Txumi.

– *¡Vale!, ahí va ésa.*

Santitos cogió algo de carrerilla y lanzó su piedra que cayó, no muy lejos, en la ría levantando una pequeña columna de agua.

– *¡Ahora tú!, supera eso si puedes.*

– *¿Eso?, con "la minga"* –, fanfarroneó Txumi.

Sin coger apenas carrerilla, con un latigazo seco de su brazo, la piedra se fue mucho más lejos que la de su amigo.

– *¡Toma!, he ganado, jaja, jaja, ja.*

– *Bueno, tendría que poder medirse con metro para saberse bien* –, protestó Santitos sabiendo que había perdido.

– *¡Ala!, siempre igual. Eres un tramposo sin remedio. Ríndete ante el gran campeón.*

– *¿Qué campeón? Yo no veo ninguno. Lo que pasa es que estás gordo y apoyas tú peso en la piedra al lanzarla.*

– *Joder, qué chorradas dices. ¿De dónde sacas eso de apoyar el peso? Eso no es posible y otra cosa, no estoy gordo, esto es músculo* –, dijo tocándose el bíceps.

– *Será un poquito por dentro, porque el resto es sebo.*

Unos ruidos detuvieron la discusión, los dos se miraron y con señas decidieron salir del cargadero. Subieron el pequeño repecho de tierra hasta unos matorrales, desde donde pudieron ver, tumbados para no ser vistos, a un hombre con un saco, buscando en el entorno algo con la mirada.

– *Mira, parece un señor mayor* –, susurró Santitos.

– *Sí, por lo menos tendrá treinta tacos. ¿Qué llevará en ese saco?*

– *No lo sé, pero me da mala espina.*

– *Tal vez sea un cadáver.*

– *Tú ves muchas películas. Parece que dentro algo se mueve, debe ser un cadáver vivo –*, se burló Santitos.

– *¿Y sí no ha terminado todavía de matarle? –*, preguntó Txumi intentando defender su teoría y añadió –. *Si lo hace ahora y nos descubre estamos en un lío.*

– *¡Déjalo ya! No es ningún cadáver, el saco es demasiado pequeño para eso. Tal vez lleve dentro serpientes venenosas que, al asomarte al saco, te muerden en la cara y luego se te derrite la piel, y todo lo demás, y se te queda en la calavera –*, dijo Santitos agarrándose la cara con las manos y estirando de la piel para desfigurarse el rostro.

– *¡Calla!, eso sí que es una chorrada. ¿Tú me dices que yo veo pelis? Solo hay una forma de averiguarlo, vayamos a verlo. ¡Vamos!*

– *¡Espera!, no seas loco, puede ser peligroso –*, dijo intentando sujetarle de un brazo, pero no le dio tiempo a retenerlo.

Sin hacer caso a las advertencias, Txumi se había puesto en pie de un brinco acercándose al hombre caminando lentamente. Cuando llegó donde éste se encontraba, no se anduvo con rodeos.

– *¡Hola!, ¿qué llevas en ese saco?*

El hombre estaba absorto en sus pensamientos y no le vio acercarse. Giró la cabeza sorprendido, echándole una mirada rápida de arriba abajo para después mirar a su alrededor.

– *Bueno, y tú ¿de dónde sales?*

– *Estaba allí viéndote* –, dijo señalando los arbustos –. *He visto que el saco se mueve.*

– *Tú chaval pareces un poco descarado, ¿no sabes que la curiosidad mató al gato?* – Se le quedó mirando serio durante un instante, hasta que abrió la boca del saco y con una sonrisa se lo acercó.

– *¿A qué esperas? Asómate, echa un vistazo si quieres.*

– *¿No habrá serpientes?* –, preguntó en voz baja para que no le oyera su amigo, que permanecía escondido tras los arbustos.

– *Jaja, jaja. No, hombre, no, anda, asómate.*

La curiosidad era más fuerte que la cautela y se aproximó para ver qué había dentro. Observó con sorpresa que tres cachorros de perro recién nacidos, de pelaje blanco, se retorcían juntos en su interior. Sus ojos que aún permanecían cerrados, eran la prueba de su corta existencia.

– *¡Oh!, que chulada* –, acertó a decir entusiasmado. Llamó a su amigo alzando la voz para que le escuchara –. *¡Gallinita!, sal del corral. Ven a ver esto.*

Santitos salió de entre los arbustos, sacudiéndose las pajas pegadas a sus rodillas. Con las manos en los bolsillos, se acercó lentamente hacia donde se encontraban ambos, aparentando desinterés por el tema.

– *Bueno, ¿queda alguien más por salir?* –, preguntó el hombre con sorna, subiendo el tono de voz para que se le escuchara más lejos.

– *No, yo era el último* –, respondió Santitos con gesto muy serio. Era la última vez que quedaba en ridículo por miedica, no volvería a pasarle.

– *Mira Santitos, qué pequeñitos. ¿A que son una monada?*

– *Bueno, no te pases, sólo son una mierda perros* –, puntualizó escuetamente, mirando el interior del saco con las manos aún metidas en los bolsillos.

– *¿Qué vas a hacer con ellos?* –, preguntó Txumi al hombre.

La sonrisa desapareció de su cara para, con gesto serio, explicarles que hacía en aquel lugar, con tan peculiar carga:

– *El caso es que no puedo quedarme con estos cachorros y tampoco encuentro a nadie que quiera quedárselos. He venido por aquí porque es una zona solitaria e iba a intentar matarlos sin que nadie me viera. Es cruel, pero ¿qué otra cosa puedo hacer?*

– *Alguien habrá que se los quiera quedar ¿no?* –, dijo Txumi con cierto gesto de lástima en su rostro.

– *Eso ya lo he intentado de todas las maneras posibles, pero nadie los quiere. ¿Quieres quedártelos tú?*

– *No. ¡Uff! Yo no puedo, mi madre me mata si llego con eso a casa.*

– *Ya, todos tenemos alguna pega que condena a estos bichos. Os confesaré que yo no tengo el valor suficiente para matarlos y poner fin a esto.*

– *Me alegro, así tendrás que quedártelos* –, dijo Txumi con sincera alegría.

El hombre sostuvo con una sola mano el saco que se agitaba con el movimiento de sus ocupantes, mientras con la otra mano extrajo un pequeño billete de color marrón de su bolsillo. Lo mostró un rato antes de decir:

– *Se me ocurre una idea, ¿os gustaría ganar este dinero?.......* *¿Queréis saber cómo?* –. Observó las caras intrigadas de los dos chavales durante un instante y, tras la pausa, continuó hablando sin dejar de mostrar el billete –. *Si os deshacéis de ellos por mí, esto es vuestro. No me importa cómo lo hagáis ni tampoco quiero saberlo.*

– *No, eso es una salvajada* –, protestó Txumi.

– ¿Cómo que no? Trae eso para acá que nosotros nos encargamos –, dijo Santitos cogiendo las cien pesetas y el saco.

Su amigo se le quedó mirando, sorprendido por su atrevimiento, pero no acertó a decir nada. El hombre, al sentirse libre de la carga, con gesto de alivio y por miedo a que se echaran atrás en el trato, hizo una breve despedida para irse lo antes posible.

– Adiós y suerte.

Se dirigió hacia la vieja puerta metálica de la entrada caminando a paso rápido. Cuando llegó a ella, echó una ultima mirada atrás sin detenerse para, posteriormente, desaparecer al final de la curva en la carretera.

****

Ahora los dos se encontraban sentados en el cargadero mirando en silencio el saco cerrado que se movía a sus pies. Al elevar la cabeza percibías una ligera brisa que acariciaba la cara mientras corría río abajo. El mal olor prácticamente no se apreciaba al estar la marea alta.

Txumi fue el primero en romper el silencio diciendo, con un atisbo de angustia en su voz:

– Mira que coger la pasta y el saco. Tú estás mal de la azotea. ¿Qué vamos a hacer con esto ahora?

– Pues, matarlos –, respondió tajante Santitos disimulando una fría naturalidad.

– Sí, ya claro. ¡Que fácil! ¿Ya has pensado en cómo vamos a hacerlo?

– Podemos esperar a que se mueran de viejos, pero llegaríamos tarde a casa.

– Qué gracioso eres, ¿lo sabías? Podríamos venderlos, esos cachorros son chulos. Alguien, aunque sea por lástima, podría pagar por quedárselos –, dijo intentando buscar una salida al embrollo, con la opción a hacer negocio *–. Sólo necesitamos algo de tiempo para encontrar comprador.*

No quería ser verdugo de esos pobres animales. Txumi siempre buscaba la solución del negocio para casi todas las situaciones que se le presentaban. En el colegio revendía canicas a los que perdían las suyas jugándoselas al hoyo en el recreo, lo hacía al doble de su valor en la tienda de Tontxu. Con ello sacaba para muchas partidas de futbolín y golosinas. En cambio, él nunca jugaba al hoyo, sólo se paseaba observando con su bolsa llena, esperando una víctima.

– Vaya ideas que se te ocurren. Si esos chuchos están aquí es porque nadie los quiere ni gratis, como para encontrar

alguien que pague por ellos. En cuanto al tiempo, ya sabes que no tenemos.

Santitos se puso en pie de un salto y recogió dos bolsas de plástico usadas de entre los restos de basuras que había en uno de los rincones. Txumi lo observaba intrigado. Se acercó al saco y cogió a uno de los cachorros, lo introdujo en el interior de una de las bolsas y después la anudó. Extendió su brazo para que su amigo la cogiera.

— *Toma sujeta, vamos a ver qué tipo de campeón eres tú.*

Txumi lo miraba sin entender nada.

— *¿Qué vas a hacer?* –, preguntó después de coger la bolsa que le ofrecía.

— *Ahora veras* –, dijo Santitos con la intención de dar algo de suspense a sus actos.

Se volvió a acercar al saco una vez más y cogió por el cogote a otro de los diminutos cachorros.

— *¡Que pequeños y blancos son!* –, pensó al cogerlo.

Lo introdujo en el interior de la otra bolsa, anudándola posteriormente. Aspiró aire profundamente mirando a lo lejos en la ría mientras la bolsa que agarraba con fuerza se agitaba en su mano y, tras coger algo de carrerilla, la lanzó con todas sus fuerzas al agua. La bolsa se hundió rápidamente con el cachorro en su interior. Solo las ondulaciones que se propagaban por la superficie mostraban que algo había caído para hundirse a continuación.

– *Mira a ver si puedes superar eso, campeón* –, retó a su amigo que lo miraba estupefacto, con ojos como platos.

– *¡Que bestia eres!. Yo.... yo, yo no puedo hacer eso, tío.*

– *¡Bah! Gallineta, ¿y tú eres el campeón?* –, se burlaba Santitos, haciendo movimientos con sus brazos como si estos fueran las alas de un ave –. *Sí, el campeón del gallinero.*

Txumi miraba cómo se agitaba la bolsa que sujetaba en sus manos, mientras su amigo no paraba de hacer burlas.

– *Gallina, cócócó, gallinita.....*

Tendría que hacerlo, habían cogido el saco y el dinero. No había vuelta atrás, además no aguantaba más las burlas.

– *Bueno, ya vale.*

Se levantó, extendió su brazo y con un simple giro de su cuerpo para impulsarse, lanzó la bolsa que fue por el aire hasta caer muy lejos. Una columna de agua y las ondas del impacto fueron todo lo que quedó tras hundirse.

– *Esta vez sí que has ganado* –. acertó a decir Santitos –. *¡Vaya lanzamiento!*

– *Vámonos esto no me divierte* –, dijo Txumi mientras comenzaba a trepar por el desnivel de tierra.

– *Espera, no tan rápido* –, avisó Santitos señalando el saco que aún se movía en el suelo –. *Recuerda que son tres o, ¿quieres llevárselo a tu madre?*

– *Me da igual, yo me voy* –, respondió subiendo hasta la campa –. *Déjalo ahí y vamonos.*

Se quedó mirando a su amigo mientras desaparecía. El encargo estaba cobrado, había que terminarlo. Miró el saco y, con una mano, extrajo al ultimo de los cachorros. Éste era una hembra de piel suave y cuerpo tierno. Su cara era dulce. Con la boquita buscaba en el aire el pezón de su madre para que saciara su apetito. La otra mano, hurgó en su bolsillo hasta sacar una pequeña navaja de mango plateado que abrió hábilmente con los dedos. Sin perdida de tiempo, dio una certera cuchillada en el cuello del animal que hizo que su brazo se manchara con un chorro de sangre muy roja y caliente que salió a presión. Se pudo percibir un leve gemido que fue ahogado por la propia sangre, tiñendo de rojo su blanco pelaje. El diminuto ser aún pataleaba levemente cuando lo volvió a introducir en el saco y lo arrojó a la orilla, empujándolo al agua con la punta del pie. Los hermanos yacían en el lecho gris y fangoso de la ría en ataúdes de plástico y ella les haría compañía.

Llegaron a este mundo para abandonarlo sin jamás llegar a verse, ni probar el dulzor de la templada leche materna, ni rozarse al dormir acurrucados contra el cálido cuerpo de su madre y sin disfrutar de la experiencia de sentirse vivos al despertar perezosamente acurrucados al refugio del frescor de la mañana. Se les había prohibido todo lo bueno de la vida y tan sólo habían vivido lo suficiente para poder sentir lo más cruel de ella antes de irse sin tiempo ni oportunidad de despedirse. Ni tan siquiera hubo conciencia de la existencia misma. ¿Cuál fue la finalidad de este corto viaje por este mundo? Era imposible de saber, pero tal vez alguna debía ser.

En la orilla, Santitos, se lavó los últimos restos de la sangre que escurría por su brazo, limpiando después la navaja apresuradamente para salir en busca de su amigo. Echó un ultimo vistazo al agua enrojecida de la orilla. La sangre dibujaba extrañas figuras en la superficie que cambiaban de forma mientras comenzaban a alejarse navegando silenciosamente. Mientras observaba aquello percibió que había sentido placer por lo que había hecho. Pensó que esa placentera sensación hubiera podido durar todo el día si en vez de tres animales hubieran sido trescientos. Una sonrisa apareció en su cara antes de comenzar a ascender por el desnivel. Corrió muy rápido y cuando vio a su amigo cogió el billete de su bolsillo gritando fuerte mientras lo agitaba por encima de su cabeza:

– *¡Espera!* –. Siguió corriendo un poco más hasta que logró alcanzarlo –. *¡Espera!, vamos a la tienda del cojo a echar unos futbolines.*

Los dos amigos se miraron y riendo echaron juntos a correr. Los futbolines eran una buena idea. Todo lo anterior ya había pasado. ¿Quién se acordaba de eso ya?

Ahora solo quedaba como gastar aquella pequeña fortuna.

10

No tenía ninguna tarea que desarrollar, ni obligación que satisfacer. Como tantos otros, ese día no había que hacer nada más que pasear y disfrutar de lo que los acontecimientos dispusieran para mí. Me encontraba en un terreno cercado con alambre, donde algunas vacas se alimentaban mientras otras, recostadas en el suelo, rumiaban con desgana, sin dejar de mover sus orejas, en una lucha eterna y perdida de antemano por alejar los insectos que se agolpaban a su alrededor. Más cerca de mí dos puercos hurgaban con sus hocicos en la tierra, mientras un tercero se revolcaba en el barro que el agua desbordada del abrevadero había formado a un lado. Su ímpetu era tal que algunos salpicones llegaron a alcanzarme, pero no me preocupó en absoluto que me hubiera manchado. Me di media vuelta y me alejé.

Paseé algún tiempo sin prisa dirigiéndome lentamente hasta el borde del cercado, deteniéndome justo en su límite. Alcé la vista y observé al fondo el cortijo, con sus paredes muy blancas reflejando la luz del sol en todas direcciones, con unos relieves rematados en amarillo dorado en las esquinas, que hacían resaltar aun más su elegancia. Sus arcos de herradura apuntada te recibían a la entrada y las ventanas, algunas de las cuales estaban abiertas dejando entrar el aire limpio, eran de maderas nobles y estaban rematadas con bellas molduras.

El sol empezaba a molestar y busqué con la mirada una sombra que estuviera cerca. Un viejo olivo solitario se alzaba en una pequeña colina, no muy lejos de donde me encontraba. Su paraguas sería el mejor regalo que podía hacerme en aquel momento. Me encaminé hacia él con paso tranquilo haciendo que los saltamontes saltaran a mi paso, huyendo de un peligro que no existía. El día era largo y no había nada que hacer. Al llegar, su sombra me recibió con un aliento refrescante y acogedor, obligándome con ello a quedarme a su vera. Me rasqué frotándome contra el tronco y me eché en la hierba a observar a mi alrededor cómo la calma del día lo llenaba todo.

Desde la posición privilegiada que otorgaba la altura, se podían ver esparcidas por lo llano del campo hasta el horizonte, innumerables encinas esperando a los huéspedes necesitados del frescor y confort de sus sombras. Muchas veces me veía en sueños corriendo por el campo, atrapando a todas esas sombras para guardarlas. Ésa era mi misión. Algún día los árboles serían fatalmente aniquilados, posiblemente por las malas acciones del hombre y mis sombras serían el único recuerdo de su pretérita existencia. Yo, ahora, sería el cazador de sombras y después, cuando el sol fuera el único dueño del campo brutalmente devastado, entonces sería yo quien ofreciera esas sombras a todos los seres vivos que estarían sufriendo los abrasadores calores del gran astro de fuego. Yo, con mis sombras, les salvaría del tormento de tener que morir calcinados.

Miré a mi alrededor para comprobar que, sin embargo, hoy, como otros días, todo estaba apacible y sosegado, nada parecía indicar que se aproximara algún desastre.

11

La lonja era alquilada a un amigo del padre de Alex. Era pequeña y estaba dividida en dos alturas diáfanas que se comunicaban a través de un hueco mediante una escalera escamoteable. En la parte superior había baldas de almacenaje y un cuarto de baño. En la inferior, se disponían varias sillas alrededor de una puerta lisa que, tumbada sobre unos caballetes de madera, hacía de mesa. Una fluorescente iluminaba la pequeña estancia, en la que un armario metálico gris con baldas y puertas con cerradura completaba el escueto mobiliario.

Celia y Alex estaban sentados juntos, mientras Tete hablaba desde el otro extremo de la peculiar mesa.

Le llamaban *"Tete"*, como la huella que perduró, a lo largo de los años, por su tardanza en dejar de niño el hábito del chupete. Cuando todos pedían a sus madres chocolate o golosinas, él seguía pidiendo su *"tete"*. Quienes le conocían desde la infancia se habían encargado de que siguieran llamándole así. A él nunca le importó, su verdadero nombre Hipólito, ayudaba a ello.

—......*estoy de acuerdo en que hay que hacer más de lo que se hace y que lo que se haga debe ser más contundente. También estoy dispuesto, al igual que vosotros, a arriesgarme y comprometerme, pero no estoy seguro de que este tipo de acciones sirvan para algo, además, es muy peligroso, no saldrán bien.*

– *Te recuerdo que ella, como tú ya sabes, ha estado en el extranjero con gente experta y ha participado en alguna acción* –, respondió Alex, saliendo en defensa de los planteamientos de Celia –. *Debemos confiar en ella y en su plan, sólo tenemos que hacer lo que nos ha dicho.*

– *Lo siento, pero yo no estoy tan seguro* –, respondió Tete con la cabeza baja y, dirigiéndose a ella, dijo –. *Creo que esto es demasiado. Habría que pensarlo mejor, no sea que hayamos perdido el norte. Esta mañana, cuando he ido a conseguir todo el material, me han entrado muchas dudas.*

– *Nosotros sí estamos seguros* –, comenzó a decir Celia con voz encendida –, *algún día tenía que llegar el momento y ese día ha llegado ya. Estas acciones son la única manera de que se pueda conseguir algo. Ya sabes que en México conseguimos que esos asesinos y torturadores modificaran su proyecto de investigación, evitando muchas muertes y sufrimiento. Nosotros vamos a seguir con el plan, contigo o sin ti, tú decides qué quieres hacer y debes hacerlo ahora.*

Estaba en una encrucijada. Él apoyaba la causa y las personas que tenía enfrente eran sus mas fieles amigos, pero no se sentía preparado para aquello, no estaba convencido.

Recordaba cuántas acciones callejeras habían llevado a cabo juntos, cuántas manifestaciones, pintadas, e incluso habían destrozado algo. Pero esto era otra cosa. Se frotaba la cara con las manos en un claro gesto de inseguridad, de dudas. Tras meditar un tiempo en silencio y con todos los ojos fijos en él, por fin habló:

– *Por vosotros y por nuestra causa haría cualquier cosa, eso ya lo sabéis, pero pienso que en este momento yo sería más una carga que una ayuda. Lo siento, pero no puedo ir con vosotros.*

– *¿Estas seguro?* –, preguntó Celia.

– *Sí, lo estoy.*

– *Bueno, está bien* –, pareció consolarle Alex, aunque realmente se sentía decepcionado –. *Tal vez sea lo mejor. Nos gustaría tenerte a nuestro lado esta noche, pero si no estas seguro, lo mejor es que lo dejes. En fin, es una pena, tendremos que aplazar la operación.*

– *¡No!, la operación continua adelante* –, dijo la chica de forma tajante –. *Modificaremos algo el plan, eso es todo. Entre dos también se puede llevar a cabo.*

– *¿Estás segura?* –, preguntó Alex –, *¿no será muy arriesgado?*

– *Es mejor que lo aplacemos hasta que veamos lo apropiado de la decisión de dar este paso* –, intervino nuevamente Tete mirándolos a ambos –. *¿Qué más da esperar un poco más? Vamos a darnos más tiempo para hablar y evaluar la situación.*

– *¿Tú en que planeta has estado hasta ahora? Mientras estamos hablando continúan los crímenes atroces. Hay que empezar a moverse, ya se ha perdido demasiado tiempo. En cuanto a tú pregunta, Alex, el riesgo es el mismo y mi seguridad en el plan, también* –. Y con una dura mirada hacia Tete añadió –, *lo que vaya a ocurrir, tú ya te enteraras por los periódicos.*

Celia se levantó de su silla y subió por la escalera a la planta superior. Desde arriba se la escuchó decir:

– *Cuando yo baje, espero que ya te hayas ido.*

Tete miró a su amigo en silencio, intentando encontrar una palabra o un gesto que probara que él también tenía alguna duda. Alex, con semblante serio, se encogió ligeramente de hombros dándole la espalda, dejando claro que eran amigos, pero lo primero era Celia. Entendió que ya estaba todo hablado. Echó sobre la mesa las llaves de la furgoneta que había robado el día anterior, y sin decir una palabra más, levantó la persiana del local y se fue.

La noche no era fría, la lluvia seguía cayendo insistentemente. Celia bajó con gran dificultad, desde la parte superior, dos garrafas de gasolina y una pequeña mochila negra, ordenándole que lo metiera todo en el maletero del coche aparcado en el exterior. Cuando ella bajó, él la estaba esperando con todo ya cargado en el vehículo.

– *No tenemos la ayuda de Tete y está lloviendo mucho, ¿crees que hoy es el mejor día?,* – preguntó Alex abrazándola contra su cuerpo.

– *Por supuesto que sí, incluso con este tiempo habrá menos gente por la calle y eso nos conviene.*

Uno frente a otro se miraron con ternura durante un instante y después, suavemente, se fundieron en un beso sin mediar una sola palabra. Él descendió con las manos por la espalda hasta llegar a su cintura para disfrutar de su bonita forma mientras se besaban con pasión. El ruido del granizo golpeando en la persiana les hizo separarse.

– *¡Vaya granizada!,* – comentó Alex, mientras seguían con la vista algunas pequeñas bolitas de hielo que se colaban por debajo de la persiana, dando brincos, hasta detenerse junto a sus pies.

– *Esperaremos a que pare y luego comenzaremos con la misión* –, dijo ella con voz clara y firme.

Él la miró y entendió que debía descubrir todas las cartas para poder así tranquilizar su conciencia. La ausencia de Tete había supuesto un duro golpe.

– *En México hubo un muerto y alguien quedó herido. Lo leí en el periódico antes de tirarlo.*

Celia agachó la cabeza permaneciendo en silencio. Se dirigió hacia una de las sillas para sentarse en ella y le miró para ver que permanecía en pie, mirándola, en espera de algún comentario que pudiera justificar lo injustificable, una persona había muerto.

– *Siéntate cariño* –, le pidió con voz apenada señalando una silla vacía frente a ella –. *Fue algo inevitable, allí me dijeron que tal vez para salvar muchas vidas deberían quedar unas pocas en el camino.*

– *Celia, estamos hablando de vidas humanas, tú eres una amante de la vida no creo que pienses eso.*

Pareció recomponerse y para responder, intentó dar mayor fuerza a sus palabras para llenarlas de una seguridad más propia en ella.

– *No podíamos quedarnos de brazos cruzados mientras en unos brutales experimentos se torturaba y sacrificaban vidas con la única finalidad de probar unos productos cosméticos. Los hombres enriqueciéndose con el sufrimiento de otros seres son los culpables de lo ocurrido.*

—*No podemos pretender cambiar la mentalidad de las personas generando más sufrimiento al que ya existe. Debemos seguir luchando para denunciar y trabajando para convencer de nuestras ideas, pero hace falta tiempo para conseguir llegar a cambiar las cosas.*

—*Pero mientras hacemos todo eso, el tiempo pasa, la tortura y los crímenes persisten.*

—*Eso es inevitable. Somos hombres, no dioses; podemos hacer lo que humanamente podamos, pero desde el respeto a la vida y sin pretensiones endiosadas de cambiar el mundo con una varita mágica de un día para otro.*

—*Esta noche voy a hacer lo que hemos planeado y estoy dispuesta a hacerlo, incluso yo sola. Si no estas convencido de lo que haces, mejor que te vayas con Tete a pegar cartelitos y hablar mientras nada cambia.*

—*No seas tonta, yo nunca te dejaré sola. ¿Qué pasaría si hay algún muerto? Nunca podríamos perdonárnoslo y con los muertos, echaríamos por la borda también nuestras vidas. Eso sería lo único que cambiaría.*

Celia agarró con sus manos las de él, se lo quedó mirando fijamente a los ojos y dijo:

- *No va a morir nadie. Si de verdad me quieres, vendrás conmigo esta noche. Ese sitio al que vamos debe desaparecer del pueblo.*

Él liberó sus manos de las de ella y, echándose hacia atrás en la silla, le habló con tono grave en su voz, para que no quedara duda de que lo acordado sería para cumplirse.

– *Yo también quiero que ese lugar desaparezca de aquí, pero si quieres que vaya contigo debes prometerme que no habrá más veces.*

Le miró fijamente para ver que lo decía muy en serio.

– *Yo sola, desde luego no puedo pretender cambiar el mundo, pero sí puedo cambiar algunas pequeñas cosas y para eso, te necesito a mi lado. Está bien, te prometo que después de ésta no habrá más veces.*

El granizo duró tan solo unos minutos, dejando paso nuevamente a la lluvia. Habían quedado diseminados minúsculos islotes blancos como únicas huellas del singular acontecimiento meteorológico.

– *Adelante Alex, en marcha.*

Apagaron la luz, cerraron la persiana al salir de la lonja y se subieron al coche. Él conducía mientras ella, con la mirada al frente, pensaba en lo que iban a hacer. Cada vez se sentía más segura y convencida de estar haciendo lo adecuado. Todo saldría bien.

Llegaron a donde tenían el vehículo que utilizarían para la misión. Era una pequeña furgoneta robada el día anterior en un garaje cuyo propietario sabían que se encontraba de viaje, lo cual garantizaba que no estaría denunciada su sustracción. En silencio traspasaron la carga de un vehículo al otro, sin perder tiempo, para continuar su camino.

La lluvia seguía cayendo copiosamente cuando divisaron al fondo el muro que debían saltar.

- *¿Recuerdas lo que ocurrió la ultima vez que saltamos ese muro?* –, preguntó Alex después de no haber hablado nada durante todo el camino.

- *Tranquilo esta vez no habrá tiros* –, respondió ella con una dulce sonrisa que disimulaba su nerviosismo.

12

La sed, esa enemiga invisible que se encuentra siempre al acecho, esperando su momento para aparecer, inicialmente con una sutil presión para progresivamente convertirse en el más eficaz garrote vil. ¿Cuántas víctimas habrá sumado esta asesina en su macabra lista a lo largo de la historia? No se la puede parar ni con el arma más poderosa que jamás se haya inventado, sólo el agua, el agua, materia simple en sí misma, suma de dos elementos, con tres moléculas, era capaz de mantenerla a raya.

La sed se estaba haciendo insoportable, necesitaba beber algo de agua. El hambre comenzaba a hacerse sentir, pero esto, de momento, era algo más fácil de soportar. Agua, agua, agua, sólo un poco de agua.

El día ya había comenzado. Pese a la oscuridad que me rodeaba, desde el interior del vehículo se podía percibir la sensación de claridad a través de la rendija. Tenía claro que no podría escapar. Tanteando en la oscuridad, hice balance de cómo me encontraba. A ambos lados unas piezas de madera macizas y robustas, ajustadas en ambos costados, me atenazaban impidiendo prácticamente cualquier movimiento. Enfrente, unos barrotes metálicos me hacían intuir que me encontraba en una especie de jaula y por el exterior, al ras de esos barrotes, el toldo oscuro que cubría todo el habitáculo del vehículo.

Lo mejor sería aguantar hasta que llegáramos a donde pretendían llevarme. Una vez allí, sabría quién era yo, me explicarían qué estaba pasando y qué pretendían conseguir con este brutal acto. Su intención no puede ser otra que la de pedir algo a cambio de dejarme libre, ya que matarme no podía favorecerles en nada. Que yo muera, ¿en qué podría beneficiarles? En nada o por lo menos eso quería creer yo. Creo estar seguro de no haber hecho mal a nadie. Seguro que con este trato cruel solo buscan asustarme. Felisa era mi esperanza, ella nunca me abandonaría en los momentos difíciles, ella se encargaría de resolver esta situación.

Estaba intentando convencerme a mí mismo de que nada malo me iba a ocurrir cuando el vehículo, por fin, se detuvo. El corazón se aceleró nuevamente, pero esta vez yo debía tener el control. Estiré la cabeza para poder observar por la pequeña rendija pero sólo pude ver un tabique de ladrillo caravista con una antigua y semiborrada pintada de color rojo que debía decir algo sobre tortura o torturadores. Fuera, se había entablado una conversación y mi atención se dirigió totalmente a intentar captar palabras que me dieran alguna pista que ayudara a contestar algunas de mis múltiples dudas.

– ¿Qué pasa Miguel? ¿Cómo va eso? –, preguntó muy diplomáticamente el que conducía desde la cabina del vehículo con su ronca voz, mientras extendía su brazo con unos papeles en la mano –. *Me imagino que bien, el turno de mañana si no recuerdo mal, era tú favorito.*

– José, eso era antes –, comenzó a decir el vigilante desde su garita verde acristalada con cierto tono de ironía mientras recogía los papeles –. *Ahora me gustan los turnos que hacen otros para poder estar yo fuera.*

– Bueno, no te quejes que tienes mejor puesto que yo. Mírame, todo el día por las carreteras. Fírmame eso rápido que vamos a ir a comer algo –. Se giró hacia su compañero y continuó hablando dirigiéndose a él –, *César, dejaremos el camión dentro y volveremos más tarde.*

– De acuerdo –, asintió éste –. *Con el hambre que llevo me voy a meter una chuleta de kilo y luego me fumaré un puro cubano.*

– Esta vez sí que lleváis un pez gordo ahí atrás, ¡eh, muchachos! –, exclamó con asombro mientras devolvía los papeles que le habían entregado –. *Por este encargo sacaréis un buen pellizco. Venga, pasad y no me dejéis el camión mucho tiempo ahí dentro, que no quiero problemas con mi jefe.*

– Nada, en cuanto comamos lo bajamos de ahí y lo metemos para dentro –, explicó al guarda extendiéndole un billete de diez –. *Si hay algún problema nos llamas. Luego tenemos que esperar a que llegue el especialista que ha contratado el Vasco.*

– Vigila que no se vaya a escapar –, dijo César con su tono burlón inclinándose hacia la ventanilla del conductor para que el guarda le viera –. *Si lo intenta, lo detienes con la porra hasta que volvamos. Le gusta el masaje de sesera.*

El vehículo volvió a ponerse en marcha para entrar al recinto. Una vez allí, se detuvo y por fin el ruido del motor dejó de oírse, para alivio de los oídos y la cabeza. Se oyeron las puertas al abrirse cuando los dos ocupantes bajaron, cerrando con un golpe seco ambas puertas.

– Voy a llamar al Vasco para decirle que ya hemos llegado sin novedad –, dijo José sacando su móvil del bolsillo.

– Pero date prisa, que tengo hambre –, avisó su compañero.

– Sí, es un momento. Vamos caminando.

Se alejaron en busca de un lugar en el que comer.

Había entendido que yo era importante, pero el trato no parecía corresponderse con ello. El Vasco. Ése era mi captor, el criminal, el torturador, no cabía duda. Los demás eran sus esbirros.

– *Iba a venir un especialista* –, pensé inquieto –, *pero, ¿especialista de qué?*

El miedo era como una gruesa losa de granito sobre mí. La sed dentro de poco podría conmigo, el hambre era como agujas que se clavaban en el estomago y necesitaba hacer mis necesidades. Pisé algo blando y descubrí que anteriormente ya las había hecho sin darme cuenta. Nada impedía que volviera a hacerlo. Un fuerte olor fétido saturaba el aire, el cuerpo me dolía por el largo viaje inmovilizado y ellos se habían ido tranquilamente a comer. Pero, ¿dónde estaba? Había un guarda a la entrada que sabía que yo estaba aquí y no parecía extrañarle. Esto es una banda organizada con una buena tapadera, pagar un rescate era lo único que podría sacarme de esto.

El desánimo se apoderó de mí. Solamente la visión de Felisa mantenía una diminuta luz de esperanza, como si fuera una vela encendida entre miles apagadas a los pies de una virgen. La crueldad en el trato y el desgaste físico del viaje estaban haciendo mella en mi resistencia, quería que esos dos volvieran de comer y me sacaran de una maldita vez de este cruel encierro. Los ojos se me cerraban, ahora no podía perder la consciencia, pero era inútil, la fatiga era más fuerte que mi voluntad.

****

Corría a gran velocidad, afortunadamente la luna era
llena e iluminaba la noche con una claridad que dejaba ver
cualquier obstáculo en el camino. Con un cielo tan oscuro, la
luna resplandecía como la bola de fuego de un toro embolado.
El bochorno nocturno impedía conciliar el sueño y el descanso
era imposible. La tierra estaba blanda por la lluvia del día
anterior y charcos de todos los tamaños salpicaban al pisar
sobre ellos. Los grillos, que parecían ajenos al calor,
continuaban entregados a sus cantos, ávidos por atraer a las
hembras que perpetuarían sus genes y su especie. Al fin
llegué, allí siempre se acumulaba el agua en mayor cantidad,
formando un gran lodazal al mezclarse con la tierra. Estaba de
suerte, miré a mi alrededor y estaba solo, sin dudarlo, me
arrojé a él y me rebocé con infinita felicidad, desapareciendo
la sensación de bochorno.

****

El ruido de un camión en el exterior me sacó de mi
ensoñación. El cansancio, la angustia y el miedo fueron
entrando nuevamente en mí para ir devolviéndome a la
realidad. Me incliné hacia delante para poder ver por la rendija

que era la única unión existente entre mi mundo en cautiverio y el mundo libre. Empezaba a oscurecer, otro día más tocaba a su fin, mientras estaba lloviendo y las gotas de agua rebotaban en la cabina blanca del camión que acababa de aparcar justo al lado. Su motor se paró y un hombre salió por el lado contrario al que yo me encontraba. La visión del agua hacía aun más cruel el sufrimiento por la sed, que estaba llegando al límite de lo soportable.

Dos figuras se acercaron corriendo entre la lluvia, saltando algunos charcos que se habían formado ya, para montarse en el vehículo en el que yo me encontraba retenido. Eran mis dos secuestradores, ahora suponía que me sacarían, debía estar preparado para todo.

– *Vamos a llamar al Vasco para avisarle que vamos a sacarlo del camión* –, se escuchó decir a alguien.

Estuvimos bastante tiempo allí parados antes de que el camión temblara y el motor se pusiera en marcha con un agudo rugido, nos movíamos nuevamente a poca velocidad por el interior del recinto. Un edificio rojo de dos alturas presidía el enorme patio donde únicamente el movimiento de algunos camiones rompía la monotonía de las gotas de agua rebotando en el asfalto. El camión se detuvo delante de una baja y estrecha puerta metálica gris. Alguien descendió del interior de la cabina.

– Dale, dale más –, se oía decir mientras comenzábamos a movernos lentamente marcha atrás –, *dale, dale, dale, vale para, ya está.*

– Que pegue bien atrás –, reclamó el que se encontraba al volante.

– Ahí está bien puedes parar.

El motor se detuvo haciendo vibrar todo el vehículo, como si éste intentara sacudirse de encima todo el agua que lo empapaba. Con unos ruidos metálicos, los dos hombres bajaron la pasarela del camión y comenzaron a desatar las cuerdas que sujetaban el toldo. Una a una, fueron soltándolas todas hasta que quedó abierta únicamente la parte trasera, que era la que daba a la pasarela. Estaba apoyada frente a la puerta gris que al abrirse, dejaba ver un pasillo que descendía directamente hacia el interior del edificio. Pude ver a uno de los hombres, aún en penumbras, subiendo al interior del remolque con un impermeable amarillo, cuya capucha, cubría su cabeza. Con un fuerte movimiento, accionó unas barras que me liberaron por uno de los costados.

– ¡Joder! Qué mal huele.

Volvió a salir y ambos esperaron fuera. Una sensación de alivio recorrió todo mi cuerpo al sentirse liberado de aquella presión que durante tanto tiempo me había estado torturando. El miedo me atenazaba todos los músculos. La luz martilleaba mis ojos, mientras mi cerebro recogía los sonidos, los olores, todas las sensaciones que percibían mis sentidos y las mantenía flotando en una nube, dando la impresión de estar viviendo una falsa realidad. Pude coger aire con mayor facilidad, pero no pude evitar caerme al suelo al faltarme apoyo y tener que sostenerme con mis propias fuerzas. Caí sobre mis propios excrementos y orines que cubrían el suelo. ¿Qué importaba eso?

– *¡Vamos! Sal de ahí, cabrón* –, me increpaba uno de ellos desde fuera.

Golpeaban el camión para hacerme salir y pude ver cómo agitaban en sus manos de forma amenazante unas barras de acero. Ahora veía mejor, mis ojos se iban acostumbrando a la escasa luz. Con gran esfuerzo conseguí incorporarme y me dirigí con paso dubitativo hacia el exterior. No tenía fuerzas. El corazón corría veloz, como un gamo en el monte al escuchar los ladridos de los perros.

Un inmenso cielo azul con nubes de algodón, un gran campo verde y el aire fresco navegando sobre la suave hierba. Qué lejos quedaba todo.

13

Las calles permanecían desiertas. Las noches en las afueras de la ciudad eran peligrosas y sus habitantes buscaban la frágil seguridad de sus hogares. Hacía frío, un ligero viento movía plásticos y papeles formando pequeños remolinos. En las esquinas, se veían cubos metálicos llenos, mil veces golpeados, que desbordaban su basura. Algunos faroles dispersos iluminaban con una tenue luz unos pocos metros a su alrededor, más allá, la penumbra lo envolvía todo en sombras.

Tres figuras, aprovechando el anonimato de la oscuridad, cruzaban las calles a pie. Iban con prendas que tapaban sus identidades. Caminaban extremando el cuidado para no cruzarse con alguien que pudiera desbaratar sus planes. Se movían con rapidez para evitar ser vistos fácilmente por algún posible mirón apostado en alguna de las ventanas de los bloques de viviendas bajas que componían el perfil de estas zonas marginales. No hacían ningún ruido y la escasa comunicación era por gestos muy elementales con las manos. Se detuvieron contra un muro alejados de la luz cuando, por fin, alguien habló en voz muy baja:

– *¡Muy bien! Allí está la furgoneta, ve a por ella y date prisa* –, ordenó uno de ellos extendiendo su dedo en dirección a un vehículo solitario al otro lado de la calle.

– *Ok Marcos, ahorita vuelvo* –, respondió uno de sus acompañantes, que empezó a moverse rápido atravesando la calle, llegando hasta la otra acera.

Era una persona de mediana estatura, complexión fuerte y con una agilidad casi felina en sus movimientos. De forma intermitente, se le veía cruzar entre las luces y las sombras de la calle, pareciendo una secuencia de película antigua en blanco y negro donde los personajes se movían de forma antinatural, dando pequeños saltitos en el tiempo y en el espacio debido al deterioro de algunos fotogramas, por el tiempo transcurrido desde su rodaje.

– *Tú, Celia, no te separes de mí* –, dijo Marcos dirigiéndose a la mujer que había quedado a su lado –. *En cuanto Elián se haya apropiado de la furgoneta comienza la acción. ¿Estás nerviosa?*

– *No, no son nervios, es emoción, por fin estoy haciendo algo útil de verdad* –, susurró ella con una pequeña sonrisa de satisfacción en la cara –, *creí que nunca iba a llegarme este momento, pasar a la acción es lo que siempre he deseado.*

Sus grandes ojos de color miel eran lo único que se veía tras la prenda que utilizaba para camuflar su identidad.

No era alta, pero la baja estatura era compensada por su fuerte carácter y determinación, que la convertían en una chica segura de sí misma.

Por un instante miró a Marcos, alto y atractivo físicamente pero ante todo fuerte, luchador infatigable e inteligente. Era un idealista y un entusiasta, tanto o más que ella. En estas semanas en México él la había adiestrado para poder comenzar la lucha en su país, sólo faltaba la acción y esta noche era su bautismo de fuego. Para ella, la necesidad de estas acciones violentas era algo incuestionable ante la barbarie de los asesinos.

En unos pocos minutos se escuchó un motor al ponerse en marcha, rompiendo el silencio en toda la calle. La furgoneta se acercó rápidamente a recoger a quienes esperaban a cubierto en la seguridad de las sombras. Marcos cargó apresuradamente en la parte trasera las dos garrafas con gasolina que llevaban y se volvió hacia su compañera:

– *Trae, dame eso y monta* –, dijo a la chica cogiéndole la mochila que portaba.

Se la colgó de un hombro y se subieron al vehículo que, con las luces aún apagadas, avanzó hasta perderse de vista al girar al fondo de la calle.

****

Circulaban despacio por el centro de la ciudad. El trafico era escaso y las pocas personas que andaban por las aceras lo hacían rápido para llegar a sus casas. Algunos mendigos vagaban en su eterna búsqueda por los cubos de basura, mientras otros buscaban los mejores sitios en lo que pasar la noche. En los callejones, los más enfermos yacían inmóviles, sometidos por el tequila, cubiertos por cartones, esperando poder despertar al día siguiente. Llegaron al inicio de una gran avenida, una de las arterias principales de la ciudad. Altos edificios, a ambos lados de la calle, parecían guardianes gigantes encargados de custodiar el descanso de sus minúsculos pobladores.

– *¡Mira Elián!. Ahí tienes un hueco, aparca* –, ordenó Marcos señalando una parcela que se encontraba libre en la hilera ininterrumpida de coches a lo largo del borde de la acera.

Aparcó maniobrando ágilmente y tensó el freno de mano.

– *Allí está, miradlo, se le ve al fondo* –, avisó Celia con emoción.

– *Sí, para el motor. Esperaremos aquí un rato hasta que sea la hora* –, explicó Marcos –. *Iré a la parte de atrás a preparar todo y cuando avise con dos golpes, nos colocamos para reiniciar la marcha. Luego actuaremos según el plan.*

Se apeó de la furgoneta para montarse en la parte trasera por una puerta corredera lateral, cerrando con un fuerte golpe. Abrió la mochila y sacó la pequeña bomba incendiaria casera que él mismo había fabricado, dejando todo preparado para activarla en el momento adecuado. Golpeó con un pie los bidones para comprobar lo que ya sabía, estaban llenos de gasolina. Tenían manipulados los tapones para poder abrirlos en un instante y que derramaran el combustible rápidamente.

– *Bueno, ya falta poco* –, dijo Elián observando a la chica que miraba desconfiada pasar a las pocas personas que aún deambulaban por la acera –. *Estate tranquila y hazlo todo como lo hemos ensayado, nada puede salir mal.*

Celia le miró, apretó sus labios asintiendo con la cabeza y con unas palmaditas en el hombro le dijo:

– *Tú haz tu parte, que de lo mío ya me encargo yo* –. Con la mirada fija en el objetivo, continuó diciendo –, *míralo, dentro de nada un poquito de justicia va a salpicar las conciencias de los señores de la muerte.*

Un edificio de cristal se levantaba orgulloso con su letrero luminoso en lo más alto. *"Indufarm–Industrias Farmacéuticas".* Abajo, una ancha escalera con varios peldaños conducía a la entrada principal con puertas y ventanales de amplios cristales con marcos de acero. En el interior, se encontraba un vasto recibidor con grandes columnas lujosamente decoradas y un suelo brillante de mármol. Un largo mostrador de recepción con varios monitores era atendido en el turno de noche por dos guardias de seguridad. Unas cámaras en la entrada y otras distribuidas estratégicamente por el contorno impedían que cualquier intruso pudiera merodear sin ser detectado.

Primero un golpe y después otro eran la señal de que debían ponerse en marcha. Celia bajó de la furgoneta y tapándose el rostro, como para protegerse del aire fresco, avanzó por la acera en dirección al objetivo. Apenas algunas figuras en el otro lado de la calle, y otras a lo lejos eran, junto a los coches que cruzaban ocasionalmente, los únicos movimientos de la ciudad dormida. Llegó a donde se encontraba el edificio y, simulando atarse la zapatilla, desde la acera de enfrente, pudo ver el amplio recibidor iluminado, con las pequeñas figuras despreocupadas de los dos guardas en el mostrador de recepción. La luz del interior alumbraba las escaleras de acceso, llegando casi hasta la calle a través de los ventanales. Las cámaras apuntaban hacia la entrada, aunque éstas no eran problema, nadie les reconocería. Todo estaba en orden, no hacía falta avisar de ninguna anomalía y el plan podía seguir adelante. Se quedó mirando el escaparate sin iluminar de una tienda de animales, había infinidad de modelos de jaulas y en la penumbra del interior se veían algunas sombras inmóviles, como estatuas.

– *Pobrecillos, algún día seréis libres –*, pensó.

La furgoneta llegó y se detuvo en medio de la calle frente a la entrada del edificio. Celia corrió hacia el vehículo. Cuando llegó, vio a Marcos con el pasamontañas ya puesto, que cogía la mochila en una mano y uno de los bidones de gasolina con la otra. Celia, con el corazón pareciendo salirse del pecho, agarró el bidón más pequeño, para ambos subir veloces las escaleras hacia la puerta de acceso al hall del edificio. Elián esperaba con el motor en marcha mientras derramaban el contenido de los bidones hacia el interior y por toda la entrada. Desde el mostrador de recepción los guardas les vieron y salieron corriendo hacia la puerta.

– *¡Alto! ¿Qué estáis haciendo? Deteneos.*

– *¡Quietos! Estáis locos.*

Dejaron la mochila junto a la puerta echando a correr hasta la furgoneta. Ambos se subieron a la parte trasera tirándose de cabeza antes de cerrar la puerta corredera.

– *¡Rápido! Salgamos de aquí –*, gritó Marcos golpeando con la mano en la chapa.

El conductor aceleró el vehículo lanzándose a toda velocidad para alejarse del lugar. En la segunda intersección viraron desapareciendo de la ancha avenida. Antes de girar una explosión sacudió la noche iluminándola fugazmente y una gran bola de fuego envolvió toda la parte delantera del edificio para luego ascender por su fachada de cristal hasta convertirse en humo y cenizas. El letrero luminoso desapareció de la vista por un momento a su paso. Los cristales se esparcieron en mil pedazos en todas direcciones en una lluvia letal. Las puertas habían volado hacia el interior y los marcos eran un amasijo retorcido de hierros mientras el fuego, alimentado por la gasolina, devoraba todo a su alrededor impidiendo el paso. El escenario era dantesco, fuego y destrucción. En el hall, a través de la cortina de fuego, se veía un cuerpo inmóvil a punto de ser alcanzado por las llamas, mientras otra persona se arrastraba lentamente hacia el interior intentando ponerse a salvo del infierno.

En la distancia se oyeron sirenas que se acercaban haciendo crecer la cantidad de curiosos asomados a las ventanas. La ciudad había despertado.

14

Aquellos hombres seguían vigilándome en la distancia mostrándome, alzadas, las barras de acero que portaban en sus manos. Me detuve al borde del remolque, donde la lluvia comenzó a calarme. Elevé la cabeza abriendo mi boca, en un gesto desesperado para que el agua pudiera entrar en ella. Cada gota que recibía era absorbida con la misma avidez que lo harían las arenas de un desierto. La lluvia líquida cesó para dar paso al sólido granizo, cuyas bolas duras de hielo impactaban con violencia en mi cuerpo desnudo, pero no sentí nada hasta que un fuerte golpe con una barra metálica me obligó a continuar avanzando.

– *¡Continúa, que te deslomo!* –, exclamó alguien.

Perdí adherencia, resbalando torpemente por la pasarela mojada del camión, hasta continuar descendiendo por el desnivel de un estrecho pasillo hacia el interior del edificio. Me doblé una mano en el brusco descenso pero el pánico no me dejó sentir ningún dolor. Una pulida chapa de inoxidable, que colgaba de una de las paredes al final del estrecho pasillo a donde fui a frenar tras el accidentado descenso, reflejaba mi imagen. El pelo que me cubría por completo era corto y de color oscuro, la cabeza ancha era una prolongación ininterrumpida de mi obeso cuerpo en el que destacaban las grandes orejas, anchas, que de forma flácida apuntaban hacia el frente con sendos cortes en las puntas. Algunos aislados pelos blancos, más largos que el resto, brotaban de mi hocico brillante por la mucosidad. En él aún se podían ver restos de tierra, como vestigio de un tiempo, ya lejano, de feliz libertad por la Dehesa. En los orificios colgaban dos anillas metálicas que traspasaban la carne en su punto más sensible. Mis ojos grandes y negros transmitían una angustia y una tristeza equiparable a la que podría expresar cualquier ser humano. Si Felisa me viera en este estado, se le partiría el corazón. ¿Dónde estaría ella ahora?

Recordé que, para los demás, yo era un simple cerdo. Ahora, lo que no alcanzaba a saber era qué es lo que querían de mí.

15

Miró su reloj, era pronto para ir directamente al lugar de la cita; por tanto, cruzó caminando por el largo túnel que pasaba por debajo de las vías del tren, desviándose de su camino doblando a la izquierda. Tenía tiempo de tomar otro café antes de dirigirse a realizar el encargo. Caminaba bajo la fina lluvia cuando empezó a sonar el móvil.

– *¿Quién es?* –, preguntó al descolgar, mientras cruzaba la calle corriendo para refugiarse del agua a la entrada de un portal.

– *Hola Santos, soy yo, Txumi* –, contestaron al otro lado del teléfono.

– *Hola Txumi, ¿qué querías?*

– *Asegurarme que estás en marcha. ¿Dónde te encuentras ahora, ya te has levantado?*

– *Pues claro* –, respondió Santos indignado por la desconfianza –. *He merendado unos churros y ahora voy a tomar un café porque todavía es pronto.*

– *Bueno, no te enfades, ya nos conocemos, te lías por la noche y luego no se sabe lo que pasará al día siguiente.*

– *Eso era antes, ahora ya me controlo mucho.*

– Escucha, no creas que es tan pronto, me han llamado a la hora de la comida para decirme que ya han llegado con el cargamento. Vete para allí cuanto antes, que estarán a punto de llamarme para la descarga. Haz un buen trabajo, quiero que todo salga bien, hay mucho dinero invertido en esto.

– Por supuesto que haré un buen trabajo –, aseguró Santos contundentemente y continuó burlón *–, mira si me lo he tomado en serio, llevo el cuchillo que me regalaste cuando me retiré oficialmente de este oficio. Haré un trabajo fino para ti.*

– Ya lo sé, por eso he querido que tú te encargues de esto personalmente. En cuanto llegues, me llamas para tenerme informado, ¿de acuerdo?.

– Sí, sí tranquilo. Voy para allí, hasta luego.

– Agur, agur.

Los encargos de su amigo Txumi estaban muy bien pagados y suponían unos ingresos muy necesarios en su situación económica actual. Hacía cinco años que le realizaron la operación de corazón y, desde entonces, tenía una incapacidad que le impedía trabajar. La paga era exigua y no llegaba para cubrir los gastos de todos sus irrenunciables vicios. Los médicos antes de la operación le señalaron la necesidad de dejar el tabaco y llevar una vida tranquila y sana. Después de la operación, dijeron que ésta había sido un éxito y que en unos días podría hacer vida normal. Su médico no lo sabría, pero en su vida normal se podía fumar, beber de vez en cuando y salir alguna que otra noche. Su corazón, hasta ahora, no se había quejado.

Ya habían llegado y estaban esperándole, pero no iba a renunciar a su café, sabía que le esperarían, sin él no se iba a hacer nada. Guardó el móvil en el bolsillo y, caminando junto a la pared para burlar la lluvia, se dirigió al bar *"Txiki"*.

El establecimiento era muy pequeño, sus espejos, que cubrían completamente las paredes hasta media altura, difícilmente conseguían dar sensación de amplitud al local. Una diminuta mesa de mármol granate con tres pequeñas banquetas, junto a cuatro altos taburetes azules en la barra eran el único mobiliario que se podía permitir debido a la escasez de espacio. En todas las paredes, por encima de los espejos, colgaban souvenir del *F.C. Barcelona* con bufandas *blaugranas* conmemorativas de pasadas gestas deportivas. El dueño del bar era un fanático del fútbol y más concretamente del *Barça*. Algunos decían que el nombre del bar era por lo pequeño de sus dimensiones, otros aseguraban que era por la baja estatura de su dueño.

Entró cuando la lluvia estaba arreciando, empezando a caer con fuerza. En el local sólo había un cliente, le conocía de vista. Estaba absorto leyendo el periódico, pero aún así levantó la mirada para ver quién entraba. Conocía al recién llegado y lo saludó.

– *Hola Santos* –, dijo antes de continuar con la lectura.

– *Hola Bruno* –, devolvió Santos el saludo y, dirigiéndose a Marisol, le preguntó –, *¿no está hoy tu marido?*

– *Hola, no, no está. Ha ido a Bilbao, venían unos jugadores del Barcelona a dar una charla, firmar autógrafos y esas tonterías. Así que, para allí se ha ido. Está tonto con tanto fútbol.*

– *Bueno ya le conoces, es un "tonto-forofo".*

– *Ya, ya lo sé, a mí me lo vas a contar. Eso me lo has oído a mí llamárselo, muchas veces* –, dijo ella con gesto de clara resignación –. *¿Qué quieres, un café?*

– *Sí, un cortado caliente, por favor.*

Ella hacia los cafés mejor que él y, seguramente, todo lo haría mejor que él. Santos no entendía por qué una mujer tan válida se podía haber juntado con un tonto del fútbol como su marido. Aquello le hacía hervir la sangre. El mundo estaba lleno de excelentes mujeres unidas a auténticos majaderos. Algún día él encontraría una buena mujer, aún no era tarde.

Cuando se lo sirvió, lo tomó de un único sorbo.

- *Marisol, cuando vuelva tu marido le dices, de mi parte, que los cerebros ya se operan.*

- Sí, jajaja. Descuida, se lo diré.

- Me voy que tengo prisa.

Tras despedirse, salió del local para ir a realizar su trabajo; no quería llegar tarde y tener que aguantar sermones de Txumi. La lluvia continuaba cayendo sin cesar comenzando a calar sus ropas, dejando llegar el frescor del aire hasta el interior de su cuerpo. Apretó el paso para llegar lo antes posible e intentaba avanzar lo más pegado posible a las casas para refugiarse de lo más grueso de la lluvia. Caminó durante algunos minutos antes de divisar la garita verde que daba acceso al recinto, donde su edificio central de ladrillo rojo lo esperaba. Aceleró y de una carrera llegó a la caseta, donde estaría a resguardo del agua.

- Hola, ¿quién es usted? –, preguntó una voz desde el interior al verle llegar.

- Soy tu ángel de la guarda, que se aburría y viene a hacerte compañía.

- ¡Coño, Santos!, no te había reconocido, cuánto tiempo sin venir por aquí. Ya me habían avisado de tu visita, el encargo lo tienes en descarga, ahí detrás.

De repente, fue granizo lo que comenzó a caer desde el cielo y Santos se metió en la caseta en busca de refugio.

- Si no te importa, esperaré a que pare un poco –, dijo Santos al guarda –, *aprovecharé para llamar al jefe.*

- Claro pasa, no creo que dure mucho.

16

Era temprano cuando un gallo rompió el silencio con su canto para anunciar la inminente salida del sol. Las puertas de la nave corraliza se abrieron con un crujir de tablas, entrando dos personas con el aire fresco de la mañana. Aseguraron las puertas para que éstas permanecieran abiertas. Cuando terminaron de sujetarlas, uno de ellos se sacudió su traje oscuro, meticulosamente planchado y ajustándose el nudo de la corbata, dijo con voz entusiasta:

– *¡Vamos!, arriba bonito. Hoy va a ser un gran día. Samuel, prepáralo todo.*

– *De acuerdo, señor Cándido* –, respondió Samuel llevándose la mano al ala de su sombrero de paja.

Cándido tendría unos sesenta y cinco años. El inmaculado traje y su pelo blanco le daban un aire distinguido. Aunque pasaban por una temporada de penuria económica, era el dueño de la pequeña finca con ciento cincuenta hectáreas agrícolas y ganaderas, que tenían una orografía llana y suavemente ondulada. Estaba toda vallada y acuartelada. Se componía de quince hectáreas de olivos, todos ellos asociados a la cooperativa local, veinte hectáreas de labor con derechos de subvención, catorce de reforestación y el resto de monte adehesado con encinas, alcornoques, acebuches y jaras. En la finca había vacas y cerdos ibéricos, que podían beber de las tres charcas de las que disponía la propiedad.

Samuel era su capataz. Desde muy joven trabajaba en la finca, en la que comenzó como peón con trabajos eventuales. Con el paso de los años y su buen saber hacer, consiguió ganarse el respeto de los señores, llegando a convertirse en lo que era hoy. A su jefe le debía todo lo que era y por ello su afecto hacia él era grande.

Extendió su mano para sujetarme la cadena en una de las argollas de mi hocico, pero al hacerlo un pequeño tirón provocó que un inmenso dolor me hiciera reaccionar con un gruñido, mordiendo su mano. Todo ocurrió en un instante, fue un relámpago. No quise apretar mi mandíbula y no lo hice, pensé que todo había sido un accidente. No había sido culpa de nadie. Además el dolor se fue tan rápidamente como vino.

– *¡Ahh! Maldito seas* –, gritó Samuel al sentir los dientes en su mano –. *Ahora verás.*

Alzó su brazo golpeándome con la cadena en el lomo, haciendo que las patas me flojearan por el dolor. Un gruñido lastimero salió de mi garganta, espantando ruidosamente unas palomas que descansaban en un larguero.

– *¿Qué haces Samuel?* –, se quejó Cándido agarrando la mano alzada de su empleado –. *Vamos directos a una feria para* *participar en el concurso y te pones a pegar al animal que exhibimos. ¿Te has vuelto loco?*

— El muy cabrón me ha mordido.

— No ha sido nada, contrólate. Que el animal llegue en las mejores condiciones es lo más importante, ¿me has entendido?

— Sí señor —, respondió Samuel arrepentido *—. Lo siento no volverá a ocurrir.*

— Si lo ve la señora, tenemos un disgusto. Venga salimos dentro de una hora, voy a avisarla.

Cándido dio media vuelta saliendo de la nave con el gesto enfadado en busca de Felisa.

— Maldito bicho, ésta me la vas a pagar —, dijo Samuel mirándome a los ojos cuando quedamos a solas.

La amenaza hizo que un escalofrío recorriera velozmente todo mi cuerpo. Aquel tono en su voz y aquella mirada fría, subrayaban la contundencia de su amenaza. Yo nunca fui valiente y la preocupación me mantuvo en guardia, hasta que creí que todo se había olvidado. Con mucho cuidado lavó y cepillo mi pelo oscuro, aplicándose en su tarea con destreza y gran celo. Me dio de comer bellotas mezcladas con trozos de zanahoria, algunos pedazos de manzana y otros ingredientes que no reconocía. Todo estaba delicioso. Me dejó solo comiendo, lo hice con gran apetito, casi sin control. Yo era un rey y aquéllo era un regalo para mí. Estuve comiendo en la soledad del cobertizo hasta que volvió con un balde de agua, del cual bebí hasta que sacié la sed.

Ya estaba listo para salir y, guiándome sutilmente con un palo, me condujo hasta un pequeño remolque descubierto. Me acomodó en una cama de paja sujetándome con unas correas para evitar que pudiera caerme durante el transporte. Estaba asegurado al remolque cuando comenzó a engancharlo en el *todoterreno*. Hizo una ultima revisión a todos los amarres antes de encaminarse hacia el cortijo, pasando bajo sus arcos hacia la entrada para avisar a su jefe de que todo estaba a punto.

El día iba a ser espléndido. El sol, que empezaba a dejarse ver por el horizonte, hacía brillar las blancas paredes del cortijo. Cándido salió de la casa con su mujer del brazo, seguidos de cerca por el fiel Samuel. Felisa iba elegantemente ataviada con un vestido azul claro que hacía destacar su tez blanca y su pelo rubio, que llevaba recogido en una coleta. Era algún año más joven que su marido, tal vez tres o cuatro, y hacían muy buena pareja. Se acercaron a mí y ella me cogió de la cara con ambas manos, dándome un beso en el hocico:

– *¡Qué cosita más bonita! Tú vas a ganar hoy el concurso, ya verás.*

Su cara expresaba una radiante felicidad. Me miraba con esa dulzura que ella siempre me transmitía, sin duda, me quería.

– *Mira Cándido, qué guapo, todavía recuerdo cuando lo sostuve en mis brazos la primera vez. Tan sólo era un lechoncito. Ya te dije que iba a ser especial.*

– *Sí, cariño, tenías razón, como siempre. Lo has criado mejor que a un hijo, como para no serlo. Yo creo que hasta se cree una persona.*

- *¿Y qué?, para mí es como una persona.*

- *Sí, ya, pero no lo es.*

Se giró hacia su capataz para ordenarle ponerse al volante:

– *...... andando, no vayamos a llegar tarde.*

Samuel, obediente, montó delante mientras los señores también lo hicieron juntos en las plazas de atrás. Nos pusimos en marcha, dejando al paso del vehículo una estela de polvo flotando a lo largo del camino.

****

Cuando llegamos a la feria aún era temprano, pero numerosas personas ya se encontraban paseando por la zona. En las amplias campas había pocos árboles, por lo cual, se habían instalado numerosos toldos para protegerse del sol. A la sombra de los toldos se habían colocado mesas con bebidas. En algunas casetas había fuegos encendidos, con el fin de ir preparando las brasas que, al acabar la jornada, cocinarían las carnes para degustar.

Samuel detuvo el vehículo para que sus ocupantes pudieran apearse y unirse a la gente que, formando corros, hablaba sobre los animales que habían presentado a la feria.

Continuó conduciendo hasta el interior de un gran pabellón cerrado con tabiques a lo largo, en los laterales, quedando abiertos los dos extremos. Del suelo, surgían altos y fuertes pilares metálicos pintados de azul, que sujetaban la estructura del techo de donde pendían de finos alambres lámparas fluorescentes de luz blanca, que se descolgaban para competir en claridad con el brillante fulgor del día. Gran número de corrales enrejados, con sus camas de paja limpia, se extendían en largas hileras por todo el pabellón, dejando entre ellas pasillos para el paso de los visitantes. Ovejas, vacas y puercos compartíamos aquel espacio en perfecto orden, cada uno en su propia área definida.

El *todoterreno* paró. Samuel se apeó de él para bajarme del remolque, abrió la puerta de uno de los corrales y me introdujo en su interior, cerrando el cerrojo.

Un hombre con boina y camisa de cuadros se acercó, extendiendo un dorsal con un número.

– Toma, coge esto, eres el treinta y tres. ¿Cándido García?

– Sí –, respondió escuetamente.

– ¡Buen ejemplar! –, exclamó mirándome mientras rascaba su cabeza bajo la boina *–. Sí señor, buen bicho. ¿Cuál es su nombre?*

– Se llama Morritos –, y al ver su gesto burlón añadío *–, ese nombre no se lo he puesto yo.*

– Vale, muy bien –, dijo sonriendo al mismo tiempo que apuntaba los datos en un cuaderno *–. Eso es todo, gracias. Buena suerte.*

– Sí, gracias –, se despidió Samuel montando al *todoterreno* para sacarlo de allí. Abandonó el lugar dirigiéndose a la zona de aparcamiento.

Estuve toda la mañana viendo pasar gente que me miraba, unos con asombro, otros con admiración. Estaba contento, hoy había comido muy bien, pero quería que todo acabara para poder volver a mis correrías por el campo.

Unos niños se acercaron al corral con caras diabólicas y por los huecos, a través de los barrotes, introdujeron varas para pincharme con ellas. Me estaban haciendo daño.

– *Baila cerdo, baila* –, decía uno de ellos sin dejar de pincharme.

– *Eso baila, baila, que baile el puerco* –, repetían los otros pinchándome también.

Se estaban divirtiendo a mi costa, pero a mí no me hacia gracia. Enseñe los colmillos emitiendo gruñidos, pero no les asustaban en absoluto. Si no fuera por los barrotes......

– *¡Eh!, niños. Ya vale, dejar al cerdo en paz* –, dijo una mujer, que parecía ser la madre de una de aquellas fieras.

Entre risas, los niños salieron corriendo en busca de la próxima víctima de sus travesuras.

****

En una gran carpa con un pequeño escenario de madera provisto de un atril y numerosas sillas colocadas en hileras, se dieron a conocer los premios del concurso en sus diferentes categorías. Gran número de personas se agolpaban expectantes, aplaudiendo y vitoreando a los ganadores cuando se hacían públicos sus nombres. Al fondo estaba en pie

Cándido, con Felisa agarrada a su brazo, quien lo apretaba inconscientemente, fruto de los nervios. Samuel permanecía serio e impasible un paso por detrás de su jefe, con su sombrero de paja en la mano. Desde el atril, una mujer de mediana edad y elegantemente vestida seguía dando a conocer los nombres de los premiados:

– .....*y ahora, vamos a conocer el ganador al mejor puerco negro de raza ibérica. Han sido casi cien participantes en esta categoría.*

- Esto parece la entrega de los *Oscar de Hollywood* –, susurró Cándido, cerca del oído de ella.

- *¡Calla, tonto!. Van a nombrar al ganador.*

Hizo una pausa para recoger el sobre que un miembro del jurado le estaba haciendo llegar. Lo comenzó a abrir muy despacio, para darle más suspense, mientras miraba al público con una sonrisa.

– *Morritos, Morritos, Morritos* –, repetía Felisa con una tenue voz –, *Morritos, Morritos........*

Del interior del sobre sacó un papel amarillo, que se dispuso a leer:

– *El ganador es....... el número treinta y tres, Morritos.*

– *Síííííí, jajajá jajá* –. Felisa explotó de entusiasmo, se abrazó a su marido dando pequeños brincos, mientras él intentaba guardar la compostura, ocultando su alegría –. *¡Hemos ganado!*

Todos los presentes aplaudían buscando con la mirada entre el público a los ganadores.

– *Tranquila Felisa* –, dijo su marido sujetándola suavemente de los brazos –. *¡Vamos!, subamos a recoger el premio.*

Mientras se dirigían a por el premio, Samuel aplaudía con gesto serio entre el resto del público.

– *Aquí tenéis el diploma y el talón con los tres mil euros* –, les dijo la mujer que había abierto el sobre con el nombre del vencedor –. *¡Enhorabuena!*

– *Gracias, gracias,* –. Felisa feliz saludaba a todos los que la aplaudían –, *muchas gracias.*

Sin dejar de estrechar las manos que les tendían, ambos se dirigieron nuevamente hasta donde estaba Samuel con unas amplias sonrisas en sus caras. Al llegar, Cándido se dirigió a él para decir:

– En cuanto acabe todo el protocolo, lo cargas en el remolque y nos vienes a buscar para volver a casa, ¿de acuerdo?

– *Sí señor, esté tranquilo que yo me encargo de todo. Ustedes disfruten del momento.*

– Gracias Samuel –, *agarró a Felisa del brazo tirando de ella, y la dijo:*

– Vamos a presumir de nuestro campeón.

Se dirigieron hacia los toldos del exterior, donde se estaban sirviendo bebidas frescas y algo de comer. Recorrieron prácticamente todos los puestos bebiendo y riendo felizmente. Visitaron la muestra de maquinaria agrícola expuesta en uno de los márgenes de la explanada. Cuando terminaron la visita, volvieron a la sombra de los toldos.

Un hombre grueso y calvo con cara de buena persona se les acercó por detrás mientras bebían, en pie, un refresco junto a otras personas.

– *Enhorabuena Cándido* –, dijo colocándose bien las gafas –. *Este año has presentado un buen ejemplar. Eso sí que es un cerdo ibérico como Dios manda.*

– *Gracias, Vasco. Mi mujer lo ha criado personalmente, con gran dedicación y entusiasmo, sólo ha faltado que durmiera con nosotros.*

Le llamaban *"el Vasco"* debido a que en aquella zona hacía muchos negocios con el ganado. Además, de niño había nacido y crecido allí. Que le llamaran así le enorgullecía porque, para él, los vascos, eran gente de lo mejor, noble y fiel. Cuesta mucho que un vasco te de su amistad, pero cuando te la da, ésta es de verdad. Tal vez, de ahí venga la fama de ser más cerrados que en el sur. La amistad es algo importante. Utilizaba gafas y su tripa era prominente, parecía que se comía por lo menos la mitad del ganado que compraba. Era un buen hombre

– *Pues tu mujer ha hecho un buen trabajo, sin duda.*

– *¿Qué tal van los negocios?, ¿se sigue comiendo cerdo por el norte?* –, preguntó Cándido con cierta ironía.

– *Y más que aquí, y encima lo pagan mejor. Un día te tienes que venir conmigo para que veas aquello. El "Guggenheim", el Puente Colgante, la Ría, el "BEC" de Barakaldo, la costa del Cantábrico, la gastronomía, precioso y sabroso.*

– *Sí, algún día, tal vez, ¿verdad Felisa?*

– *Bueno, no dudo que esos lugares no sean bonitos, pero me gusta esto y viajar no es que me agrade en exceso, para mi salir de aquí casi es un castigo.*

– *Ya la oye, Vasco. De momento ese viaje tendrá que esperar.*

La verdad es que a Cándido tampoco le gustaba viajar, ni salir de aquella tierra que tanto amaba, pero le gustaba tener a Felisa de excusa, él simplemente era un preso de ella y de su negativa a viajar.

– *Granuja, estoy seguro de que algún día iremos, yo soy un buen guía turístico* –, aseguró el Vasco mientras daba un sorbo al vino que llevaba en la mano –. *Ahora Cándido hablemos de negocios, de ese cerdo de tu propiedad, ¿por cuánto le venderías?*

– La verdad es que me coges por sorpresa –, tras una breve pausa, Cándido continuó *–. Pero la verdad es que no está en venta.*

– Bueno, aquí todo está en venta. Esto es una Feria, lo único que falta es concretar el precio. Estoy dispuesto a pagarte bien, necesito algo parecido a tu campeón para seguir sorprendiendo culinariamente a las personalidades del norte, ya sabes gente importante. Decirles que están saboreando algo de calidad les agrada, pero decirles que tienen delante a lo que fue todo un campeón les entusiasmará. Te ofrezco cuatro mil quinientos euros por él.

– ¡Uf! Eso es mucho dinero por un cerdo. Es muy halagador por tu parte pensar que valga tanto. ¿Qué opinas tú, Felisa? –, preguntó Cándido girándose hacia su mujer.

– No cabe duda que es mucho dinero, pero por un cerdo normal. Este es un cerdo ibérico campeón por su raza pura y sus grandes cualidades. A eso súmale que no está en venta. Además, yo le tengo mucho cariño.

En ese momento llegaba Samuel con el vehículo y con su carga preparados para volver a casa. Se detuvo justo al lado de donde se estaban llevando a cabo las negociaciones. Al llegar, vi desde el remolque que el grupo de personas me miraba al hablar, pero no llegaba a oír lo que decían. Nada extraño puesto que todo el día habían estado personas observándome sin cesar, que siguieran hablando de mí me agradaba. Aquel hombre obeso no me gustaba cómo me miraba, no lo oía, pero por alguna razón parecía interesado en mí.

– *Tonterías, allí estaba ella, Felisa nunca dejaría que alguien me hiciese algún mal. Estaba a salvo, ella me quería de verdad* –, pensé mientras miraba cómo hablaban entre ellos.

– *Bueno, sensiblerías aparte, cerdos como éste* –, dijo el Vasco señalándome con el dedo, mientras sujetaba el vaso con el resto de la mano –, *habrá más y éste os puede generar el beneficio del premio, más seis mil euros por su venta. Total, ganas nueve mil euros en un día. Es muy buena oferta, tú lo sabes, Cándido* –. Se hizo un breve silencio y luego continuó – . *¡Ah!, Felisa, es la ultima oferta, pensadlo durante un rato, ahora vuelvo.*

El Vasco dio media vuelta y se fue a hablar con un grupo de personas que conversaban animadamente algunos metros más allá.

Los últimos años los negocios no habían ido muy bien, económicamente no reinaba la solvencia y algunos recibos llevaban algún tiempo pendientes de pago. Cándido miró a su esposa, vio en su cara triste que sabía que, por ese precio, no venderlo sería de estúpidos.

– *¡Cierra el trato!* –, dijo ella con lágrimas en los ojos, antes de girar para dirigirse al interior del *todoterreno*, donde esperaba Samuel. Allí podría llorar libremente.

Cándido me miró durante un instante. Yo no entendía que estaba ocurriendo. Su cara era triste y mantenía la cabeza ligeramente agachada. Resopló, como intentando aligerar la presión que sentía por dentro, dirigiéndose a continuación hacia donde se encontraba el Vasco. Sin decir una palabra, Cándido le extendió su mano mirándole fijamente a los ojos. El Vasco, al verle, entendió rápidamente que la venta estaba realizada. Agarró la mano que le ofrecía y la apretó firmemente, como hacían antiguamente los hombres con palabra, cuando un simple apretón de manos era garantía más que suficiente para cerrar un acuerdo. Con una sonrisa de satisfacción, añadió unas instrucciones:

– *Mañana mismo por la mañana irá un pequeño camión de la "Dehesa del Sur" a recogerlo. Tenlo preparado.*

17

Estaba en un corto pasillo de suelo liso, cubierto con varias capas de pintura brillante de color verde. Las paredes estaban enchapadas con azulejos blancos que reflejaban las luces de dos lámparas fluorescentes que colgaban del negro techo y, al fondo, una pequeña puerta con lamas traslucidas conducía al interior. Los dos hombres descendieron por el estrecho pasillo agitando sus barras detrás de mí. Golpeando las paredes, conseguían que el miedo me obligara a continuar hacia adelante. Avancé hasta la entrada y traspasé las lamas, accediendo a un pequeño recinto limitado por un pequeño muro. Alcé la vista e intenté ver al otro lado pero, era de una altura justa para que yo no pudiera ver nada.

Estuve esperando durante un buen rato, sin saber qué hacer ni lo que me esperaba allí, hasta que se oyeron unas voces.

- *Espero que me traigan, por fin, un poco de agua y ha ser posible algo de comida –*, pensé.

Por encima del muro se asomaron dos personas que no había visto nunca mirándome con asombro. Iban vestidos con gorros blancos, unas mascarillas cubrían sus caras y llevaban mandiles impermeables de color verde con manchas rojas que parecían ser de sangre.

— *¡Menudo ejemplar!* –, exclamó el de menor estatura de ellos.

— *Habrá que tener cuidado, enfadado debe ser peligroso* –, puntualizó el otro que era más obeso.

El más corpulento de ellos entró con suma cautela en el recinto, acercándose a mí poco a poco, portando en sus manos un artilugio metálico, que no supe reconocer lo que era. El mandil verde le cubría hasta las rodillas y su calzado eran unas botas altas de goma del mismo color. Me sentí acorralado y comencé a retroceder, hasta llegar a un rincón. No podía huir de allí, entonces enseñé mis colmillos.

— *¡Cuidado!* –, le avisó su compañero desde el otro lado del muro.

El hombre que dejó de aproximarse estiró su brazo acercándome aquel trasto que portaba con sumo cuidado. Yo no sabía qué pretendía con aquéllo, pero al menos no parecía querer golpearme. Agaché la cabeza y le mostré mis colmillos dejándole claro que, si se mantenía a aquella distancia, no le atacaría. No obstante siguió estirando el brazo con aquel artilugio un poco más hasta que alcanzó a tocarme en la cabeza. Entonces, algo extremadamente doloroso penetró en mí haciendo que todos los músculos se tensaran. Mi cuerpo rígido temblaba, sometido a la tortura de aquel dolor infinito. Intenté luchar para liberarme de aquel sufrimiento, pero mi cuerpo no respondía a las órdenes de un cerebro que se iba bloqueando aturdido por aquella serpiente rabiosa que parecía recorrer mi interior. Mi mente se apagó como único recurso para huir de aquel tormento, cayendo al suelo inmóvil.

— *Hay que ver lo que ha aguantado en pie, con la corriente máxima. Entra y cuélgalo.*

Mi cuerpo yacía en el suelo sin conocimiento, respirando velozmente. Un hombre entró para amarrarme la pata trasera al extremo de una cadena que colgaba de un carril aéreo, situado en el techo. El mecanismo se puso en marcha, empezando a tirar de mí hacia arriba hasta dejarme colgado Mi voluminoso cuerpo avanzó por el rail en dirección a un habitáculo con paredes alicatadas con vulgares azulejos blancos cuadrados, mientras que el suelo finamente raseado brillaba con su capa de pintura verde antideslizante. Varias canaletas servían para conducir sangre hacia unos sumideros.

Mi cuerpo colgaba bocabajo con un ligero balanceo cuando abrí los ojos sumido en un estado de semiinconsciencia. Escuché unos ruidos que alguien hacia a mi espalda cuando frente a mí, pude distinguir de forma borrosa una puerta que se abría y por la cual una figura entró envuelta en una cortina de humo, dirigiéndose hacia donde yo me encontraba. El hombre portaba un objeto afilado en su mano, cuyos destellos parecían ser la señal de que todo aquello había llegado a su fin.

18

Hacía tiempo que había oscurecido. A pesar de la temprana hora, el mal tiempo mantenía las calles ausentes de tránsito, tanto de vehículos como de peatones. Perturbando sutilmente el silencio reinante, una pequeña furgoneta se aproximó lentamente al exterior del muro trasero del matadero municipal, estacionando en uno de los huecos de aparcamiento que se encontraban libres junto a la acera. Las luces se apagaron y el motor se detuvo volviendo la tranquilidad a la zona. Sus dos ocupantes, un chico y una chica, permanecieron en el interior sin salir pareciendo esperar algo.

De la portería de entrada al matadero se vio salir a una persona que, con pasos largos y rápidos, se dirigió hacia el edificio central intentando permanecer el mínimo tiempo posible bajo la persistente lluvia. Al llegar a la puerta de acceso a la planta central se sacudió el agua de los hombros accediendo posteriormente al interior. Dentro hacia una temperatura agradable, únicamente un denso olor a carne y sangre que flotaba en el ambiente podría molestar al olfato poco acostumbrado. Continuó caminando por un pasillo hasta los vestuarios, allí entró para vestirse con las ropas de trabajo.

En el exterior, los dos ocupantes de la pequeña furgoneta bajaron del vehículo con las caras cubiertas por unos negros pasamontañas que sólo dejaban ver sus ojos. Se dirigieron a la parte trasera del vehículo sacando dos bidones de gasolina y una pequeña mochila. Dejaron abajo todo el material antes de que él trepara sobre del muro.

- *Alcánzame las cosas, rápido –*, dijo desde lo alto del muro en voz muy baja a su compañera que permanecía abajo.

Ella alzó la mochila y él se la puso a la espalda.

- *Ahora dame los bidones.*

Ella intentaba subirlo pero el peso dificultaba mucho la operación.

- *No puedo subirlo más, pesa demasiado –*, se quejó ella en mitad del esfuerzo.

- *Venga, súbelo un poco más que casi lo tengo.*

Con su cuerpo totalmente estirado consiguió asir el bidón por una de sus asas y subirlo hasta lo alto del muro.

- *Deja ese otro, con uno habrá suficiente. Es demasiado peso para nosotros dos. ¡Vamos, sube!*

Él la ayudó a escalar el muro antes de descender al interior del recinto. Con el bidón de combustible, ambos se dirigieron corriendo hasta una pequeña entrada a la planta central, cuya pequeña puerta metálica de color gris se encontraba afortunadamente abierta.

- *¡Mira!, está abierta. Hemos tenido suerte, así será mucho más fácil* – dijo ella asomándose al llegar.

- *Vigila, que yo voy a bajar. Enseguida vuelvo.*

- *¡Espera Alex!* –, exclamó agarrándole de un brazo – . *Ten mucho cuidado. Te quiero.*

- *Descuida, enseguida vuelvo* –, respondió él con cierto nerviosismo en su voz –. *Tú prepárate a correr.*

Comenzó a descender muy despacio por el estrecho pasillo cargado con la mochila y el bidón mientras ella esperaba fuera. El tapón se había golpeado y perdía algo de líquido, que se deslizaba por la pendiente del estrecho pasillo. Alex se detuvo al oír voces abajo, la hora del bocadillo aún no había comenzado. Estarían a punto de irse, habría que esperar un momento a que se fueran.

La jornada de trabajo normal ya había terminado y únicamente un pequeño retén de dos operarios de turno se encontraba en su puesto trabajando a esas horas.

Santos salió del vestuario vestido con un mandil verde y unas botas de goma. En su mano llevaba el maletín con el cuchillo que utilizaría para este trabajo. Con paso firme se encaminó hacia la sala de matanza donde seguramente le estarían esperando con todo preparado. Avanzaba por aquel largo pasillo recordando todos aquellos años en los que había estado haciendo ese mismo recorrido. La nostalgia de otros tiempos pasados más felices le envolvieron en un repentino desánimo, que pronto fue desapareciendo al ver al fondo la puerta que daba acceso a la sala. Por ella, vio salir a los que habían sido sus compañeros no hacia tanto tiempo y esto acabó por hacer desaparecer totalmente su pesar.

- *¡Santos!, cuánto tiempo sin dejarte ver el pelo –*, saludó uno de ellos antes de llegar a su altura.

- *¿Qué tal Antón?, no es que hayas cambiado mucho con el tiempo –*, respondió Santos con sorna –. *Sigues igual de gordo.*

- *Y tú igual de flaco, jajaja –*, añadió el otro.

- *Tú calla Miguelín que aún me debes una cena de la última apuesta. Recuerda que dijiste que no lo mataba de un sólo tajo.*

- *Esa apuesta no fue valida, tramposo, utilizaste el hacha en vez del cuchillo.*

- *¡Ah!, nadie dijo con qué había que hacerlo.*

Los dos le dieron un abrazo demostrando que verdaderamente el aprecio no había desaparecido durante el tiempo que llevaban sin verse.

- *Tienes la mercancía del Vasco colgada patas arriba toda para ti* –, comenzó a contarle el más bajito –. *Ya verás qué ejemplar, pocos días llegan cosas como ésa.*

- *Nosotros vamos a comer el bocadillo* –, prosiguió diciendo su compañero –. *Luego volvemos contigo para echarte una mano, como en los viejos tiempos.*

- *Vale, nos vemos luego* –, se despidió Santos comenzando a caminar hacia la puerta que le llevaría hasta donde se encontraba la mercancía que su amigo le había enviado.

Se detuvo frente a la puerta cerrada dejando el maletín en el suelo para poder encender el cigarrillo más fácilmente. Buscó el tabaco por debajo del amplio mandil hasta conseguir sacar un pitillo que prendió con voracidad. No quería manchar el maletín, decidió dejarlo hasta la vuelta allí mismo en el pasillo. Sacó el cuchillo de su interior y se dispuso a entrar.

Se escuchó cómo la puerta golpeaba al cerrarse tras los únicos operarios que se encontraban trabajando aquella noche. Alex decidió continuar descendiendo por el estrecho pasillo para acceder a la zona de matanza, completar la misión y poder poner fin, para siempre, a la sinrazón que su amor a Celia le había empujado a cometer. Después de esto, todo acabaría y no tendría que arriesgarse a perderla por no querer cumplir sus deseos. Ella había prometido que sería la última.

El corazón le latía rápidamente y la respiración era dificultosa por culpa del pasamontañas. El sudor cubría su cuerpo cuando miró arriba, hacia la entrada, y vio la figura de Celia que le observaba al mismo tiempo que miraba nerviosamente hacia los lados, vigilando que no apareciera nadie. Continuó avanzando hasta acceder a la sala. Al llegar, vio que toda la estancia perfectamente iluminada se encontraba llena de restos de sangre después de un día completo de trabajo. Las paredes cubiertas con azulejo blanco daban el aspecto tétrico que un lugar como aquél merecía. Un poco más allá, casi junto a la puerta de salida, colgaba del carril del techo suspendido de sus patas traseras un enorme cerdo negro, que se agitaba levemente aún con vida.

- *Está claro que, con estas operaciones, siempre es posible que haya pérdidas de vidas –*, pensó cuando vio allí al animal *–. De todas maneras, ya estaba condenado, no hay nada que se pueda hacer por él.*

No había tiempo que perder, el riesgo de que alguien apareciera crecía por momentos. Había que largarse lo antes posible de allí. Abrió el bidón de gasolina y comenzó a esparcirla por toda la estancia, lo hizo tan rápidamente que se mojó los pantalones sin darse cuenta. Se deshizo del bidón vacío con la mochila aún a su espalda. Se la soltó para depositarla en un rincón poniendo en marcha el temporizador. Ahora sólo tenía dos minutos para esfumarse.

De improviso, la puerta se abrió apareciendo una delgada figura con mandil y botas de goma, con un cigarrillo en sus labios, esgrimiendo un impresionante cuchillo.

¿De donde había salido aquel hombre? Allí no debía haber nadie.

Ambos se miraron atónitos durante un instante que pareció interminable.

¿Un ladrón encapuchado aquí? ¿Qué quiere robar?

Alex corrió buscando salir por donde había entrado, pero Santos, mostrándole su cuchillo se interpuso en su camino.

- *¡Quítate del medio! Hay que salir de aquí* –, avisó Alex lleno de pavor.

- *De aquí no sale nadie, mangui de pacotilla.*

- *¿Es que no lo entiendes? Todo esto va a arder.*

- *No me cuentes cuentos chinos* –. Santos no quería dejarse engañar. El intruso era grande pero estaba desarmado. No quedaría como un miedica –. *Échate al suelo o te rajo, escoria.*

Alex no tenía otra opción, no quedaba tiempo. Le apartó de un manotazo y se abalanzó hacia la salida para trepar por donde había entrado. Con el golpe el cigarrillo cayó al suelo prendiendo en la gasolina. Santos, cegado por el objetivo de impedirle la huida, no veía ni el fuego que se había iniciado. Cuando el cuerpo del ladrón estaba ya dentro, Santos reaccionó con gran agilidad, se rehizo del golpe y le hundió el cuchillo en una de sus piernas antes de que comenzara a subir. La hoja entró en su carne con suma facilidad. Al sentir penetrar el cuchillo, un enorme alarido de dolor salió de su garganta, mientras Celia, arriba, se dio cuenta que algo no iba bien.

- *Alex, ¿qué ocurre, qué ha pasado?*

De una fuerte patada con la otra pierna, lanzó a su agresor hacia atrás, quien quedó sin sentido al golpearse en la cabeza con el enorme cerdo. El cuchillo resbaló por el suelo emitiendo fugaces destellos mientras se deslizaba. Alex, con gran dolor, fue ascendiendo por el pasillo tapando la hemorragia con su mano. Abajo el fuego se iba expandiendo. No le daría tiempo.

- *Corre Celia, esto va a explotar, vete.*

- *No, vamos, sigue avanzando, aún hay tiempo* –, gritaba ella desde arriba invadida por la angustia.

Alex seguía arrastrándose hacia el exterior. Le faltaba el aire y se quitó el pasamontañas para poder respirar mejor. Su rostro palidecía bajo el brillo del sudor.

- *Continúa, ya estás llegando. ¡Vamos!* –, le animaba Celia desde arriba.

Sujetándose la pierna, avanzaba ascendiendo pesadamente con gesto de enorme sufrimiento. La sangre que brotaba de su herida se escapaba entre sus dedos, corriendo en una búsqueda desesperada de los sumideros. Las fuerzas le abandonaban.

- *Celia, Celia....*

En ese momento, una gran explosión cubrió de llamas toda la estancia. La temperatura se elevó vertiginosamente y el fuego ascendió veloz por el pasillo. Alex fue envuelto con un manto ardiente, que destrozó sus pulmones y quemó su carne. No le dio tiempo a sentir nada, cerró sus párpados y la cara sonriéndole de aquella chica de ojos del color de la miel, con su diadema naranja fosforito, fue lo último que vio dibujarse en su mente. Después nada, el vacío.

Una rabiosa lengua de fuego salió por la entrada, haciendo que la chica rodara por el suelo hacia atrás al ser empujada por la presión. Todo lo que había era destrucción.

- *Nooooo, Alex no, Alex, dime, dónde estás, por favor háblame* –, gritaba entre sollozos tirada en el suelo, mientras se deshacía del pasamontañas. Alex no podía oírla. Ya no había nada que hacer.

- *Alex, Alex, amor mío, perdóname.*

El tiempo se detuvo para ella. Permanecía de rodillas, inclinada hacia delante, apoyando su cara sobre el húmedo suelo en un interminable sollozo. Las lágrimas se diluían en el agua de lluvia que continuaba cayendo y, con ellas, se diluía su cordura.

- *¿Qué he hecho? ¿Qué he hecho?* –, eran sus únicas palabras.

El tronar de las sirenas acercándose, era la rúbrica al fatal acontecimiento. Cuando la policía llegó hasta el lugar bajo la incesante lluvia, tan sólo pudo alzar del suelo los despojos de lo que hasta hace tan poco tiempo era una muchacha joven, vital y llena de vida.

- *¿Qué he hecho?* –, seguía repitiendo, una y otra vez.

La ayudaron a ponerse en pie y levantaron su cabeza caída sobre el pecho para verle el rostro. Estaba levemente quemado, nada grave, pero sus ojos se mostraban como las ventanas hacia una mente ya muerta.

- *¿Qué he hecho?*

Los bomberos se aplicaban en su tarea. Una densa nube envolvía el edificio dando la impresión de ser la escena de una película bélica. Por una de las puertas, se vio aparecer la figura de dos personas saliendo a trompicones del infierno en llamas. Tosían agarrándose sus gargantas víctimas del espeso humo y sus rostros se veían ennegrecidos. Casi no lo cuentan. También se veía un enorme cerdo negro corriendo por el patio en todas direcciones presa del pánico. De una de sus patas traseras, una cadena rota era arrastrada por el húmedo suelo emitiendo un sonido metálico, apagado por el fragor de las sirenas de los innumerables vehículos del dispositivo de emergencia que se habían desplazado a la zona.

FIN

Mi más sincero agradecimiento a todas aquellas personas que por conocerme han leido mi libro en su primera edición, y con su critica y valoración me han hecho sentirme por un momento un gran escritor. Extiendo mi agradecimiento a los lectores que me hallan leido sin conocerme y sin yo saber quienes son y también a los futuros lectores.

Gracias.

El autor.

Muchas gracias a:

Felisa, Javi, Maricarmen y Manu, Jose y Monica, Mariángeles, Rosamari, Maricarmen y Pedro, Eva., Itxaso, Juan C., Antonio P., Alberto, Marchena, Jose G. y Txutxi.

A mis sobrinitos:

Natalia, Alazne, Oier, Diego, Naia,

.....y a mi pequeñin y futuro lector:

Bruno Lucio.